# 光阴里的故事

殷 琦◎著

北京·旅游教育出版社

# 序一

安武林

《光阴里的故事》书名，莫名让人有些喜欢，有些感伤，有些感动。

不知怎的，令我想起汉江的水，汉中的人，汉中的茶，还有那四面环山的城。

庆幸的是，我认识作者殷琦。令我诧异的是，她写了一本书，竟然有这么多故事。我一直相信的是，每个人都是一本书，每个人都有长长短短的故事，但并不是每个人都是有心人，并不是每个人都能拿起笔把自己的故事写下来。

我见到殷琦的时候，想象不出她的人生；看到她的文字的时候，我又无法和她本人联系起来。人就是这么一种奇怪的生物，我们总喜欢凭借个人的经验和感性的直觉对人与事作出判断。直觉有时候是靠不住的，有时候有很大的局限性。

殷琦给我的印象是很好的，我以为像她这样优雅而又出众的人，生活应该是顺风顺水的。和她一聊天，尤其是谈童年往事的时候，她娓娓道来，举重若轻的口才让我产生了困惑，我不知道这是不是真的，在我看来她的经历很沉重，一如光阴的故事一样，没有阅历的人，没有沧桑感的人，是不会使用这样的书名的。

也许是同一个年代的人缘故吧，她抒写的故事我耳熟能详，她的文字很容易就把我带入了那个熟悉的年代。我不禁感慨，更多的是感动。我始终相信，真实是散文的生命，没有真实作为依托的散文，差不多就是文字游戏。殷琦的童年，是沉重的，真实的，苦难的，但又是温馨的，美丽的，可爱的。

我们常说文如其人，这仅适用部分作家。这部分的作家里面，至少包括殷琦的。也许，她连作家都算不上，因为她并不想成名成家，她只是想把自己的过往用文字写出来，不吐不快。我以为，她就像从前那些喜欢写日记的初恋少女一样，她的写作或者说她写下这些文字的意义就是一个少女记录下自己真实的心灵轨迹。当她面对面给我讲她童年的故事的时候，和风细雨，娓娓道来，而我在读她的文字的时候，我发现它们之间高度一致，文如其人是极其恰当的。

殷琦文字之中，最能和我产生共鸣的，最能打动和感动我的，是她童年、少年、青年的那些成长经历中的亲情和友情故事。我以为，优秀的散文只有三种：一种是靠感情取胜的，一种是靠语言取胜的，一种是靠思想取胜的。其余，可以忽略不计。尤其是靠感情取胜的散文，最具有大众性，有广泛的读者群，因为人是感情动物。真挚的、炽热的情感，饱满的情感浸淫过的文字，在散文中应该是最优秀的。我在阅读殷琦的文字时，有时候叹息，有时候眼睛潮润。我知道，这是文学的移情作用。殷琦把我带入了她的往事中，我似乎就是她故事中看不见的影子一样，成了她成长中的见证者。

有不平凡的过往,有辛酸,有苦涩,有窘迫,有尴尬,有痛苦,有忧伤……但殷琦在回忆这一切的时候,她不是在诉苦,而是如数家珍一般,向读者展示她岁月里的珍藏。虽然人生幸运的阳光并不能时时陪伴她,但她的心里有阳光,所以这些文字有温度,这些温度不仅来源于她的善良,更是来源于她那颗感恩的心。

殷琦的散文,内容比较广泛,我发现有一些写美食的,有一些写旅游的,还有一些教育的心得体会。除去那些回忆亲情友情的散文,其余大都是有感而发的散文。还有一部分散文,有强烈的职业特征。她是一名教育工作者,有强烈的责任感和使命感。所幸的是,殷琦的文字如她本人一样,是温婉的,不偏执,哪怕是强烈的情感,总是温和地表达自己的观点。她的文字也如绿茶一样,是慢慢煮出来的,而不是像酒一样浓烈。

这本散文集,是殷琦二十多年心血的凝结。我相信,她是享受了写作的乐趣的。没有作家的梦想,没有文学的野心,才能真正享受写作的乐趣。也许,这是她个人的历史,是一杯茶,是一滴浪花,正是这样的茶,构成了汉中茶的韵味,正是这样的浪花,构成了浩浩荡荡的汉江水。

我喜欢她的散文,恬淡,清新,朴素,优雅,真挚,韵味绵长。

(安武林,中国寓言文学研究会副会长,儿童文学作家,诗人,评论家。荣获过全国优秀儿童文学奖、张天翼童话奖、陈伯吹儿童文学奖、文化部蒲公英儿童文学奖等。作品被翻译到美国、斯里兰卡、俄罗斯、埃及、英国、摩洛哥等地。)

# 序二

曹文芳

我和殷琦是在她的家乡陕西汉中相识的,她比我小几岁,是同龄人。我们都出生在乡村田野,我们的父亲都是老师;长大后,我们都成了老师,并且都喜欢文学,种种共同,我与殷琦一见如故。

《光阴里的故事》就像一台时光机,里面不光收录了人物、风景、美食、聚会、旅行、各种美好回忆,还有很多人生的感悟:对教育的思考、对热点新闻的点评、对小动物的书写……温馨而细致地记录了以往岁月的真实与美好。

这本书里的每一篇文章都是不同视角下的生活,散发着陕南所特有的风土人情与烟火气息,勾画出生活的长长画卷,让你时时感觉熟悉的同时又会有很多新鲜的视角与思考。

这本散文集跨越了五十年,无论什么年龄的读者,都能从中找到自己熟悉的物象和清晰的记忆,从而引起内心的共鸣。比如20世纪70年代,自行车、缝纫机、手表、糖果,那是绝对的稀有之物。家里要是拥有一辆永久牌自行车,恨不能向全世界宣布:

我家买了自行车啦！下雨天，生怕自行车生锈，哥哥把自行车扛在肩上走；妈妈缝纫机上的飞天仙女的美丽图案；城里大妈戴着手表回乡，小女孩眼睛盯着手表看，喜欢得不行，大妈就把手表借她来戴，突然间，她感觉自己变成洋气的城里人了，在村里孩子面前拽拽的可爱模样；在小镇偶遇做售货员的表姐，给她装了两衣兜的水果糖，回到家里，她把水果糖掏出来放在桌上的那股神气劲儿，一下子就唤起人们种种美好的回忆。殷琦以一个小女孩的视角写出了那个时代共同的情感，用鲜活的文字为一代人保存了最完整的记忆。一读，往昔生活一幕幕呈现在眼前，刹那间回到童年。

记忆总是少不了人影，这本散文集里刻画了许多人物，不是虚幻的想象，每一个人都是带着温度，性格鲜明呼之欲出。有朝夕相伴的亲人：外婆、父亲母亲，哥哥，亲家，等等；有国际风云人物的大学教授、地方名人，山村校长，海鸥妈妈；也有生命中普通而平凡的过客如收废品的汉子，等等。无论是描画哪一类的人物，殷琦都没有刻意描述和美化，而是保持人物的本真，还原最真实的印象，也正是如此，所以作品中的人物读起来才是那样生动鲜活。

《光阴里的故事》最打动人的是一份浓浓的情，人情、亲情、师生情、同学情、同事情、姐妹情、文友情、朋友情……尤其是亲情的描写，直达人心的柔软处。比如去看望外婆，临别时，外婆塞给她一个袋子，里面是六块六毛钱，最大的票面是两元，最小的是一分硬币。外婆是乡村老太太，靠卖豆芽谋生。外婆省吃俭用，不知走了多少村，串了多少户，卖了多少豆芽，才积攒下这六块六毛钱，也许就是外婆的全部家当，都给了这个失去父亲的外孙女；父亲英年早逝，离开这个世界时，对她的一番叮嘱，看得人心酸流泪。文章《一双护膝的温情》和《中秋话情缘》，把同事缘、姐妹情写得十分温暖，作品中感人的细节俯首可拾。正是因为这些温暖的情，给这本散文集铺染了最厚重的底色。人生的悲欢，命运的残酷，生活的无奈，即使是悲情的文字，投射出的却是向阳的暖暖的人生光芒。

  殷琦是个懂得感恩的人，拥有一颗善良的心，还拥有一双发现美的眼睛。如文章《雪地里的一抹红》，在白茫茫的雪地上，走来一个扎红围巾的红红姐姐，是表哥的女朋友。后来红红姐姐和表哥分手了，虽有遗憾，但多年后她依旧想当面再叫一声"红红姐姐"！雪地里的一抹红，给她带来了一生美好的回忆。这篇文章不仅写出了美的意境，更是写出了她开阔的胸襟。

  整部散文集里，没有一篇专门写自己的文章，但在字里行间，又分明看到一个聪明能干，大大咧咧，风风火火，性格爽朗，不怕吃苦，热爱学习的女孩；看到一个爱学生，一心扑在教育上，热衷语文教研的女教师；看到一个正气凛然，热情好客，热爱文学写作，整天忙忙碌碌，但幸福满满的女作家。

  作为女儿，作为母亲，作为学生，作为老师，作为朋友，殷琦认真扮演生命赋予她的每一个角色。她活得真实，作品就写得接地气，朴素而通透。无处不在的人情和伦理，友情和亲情，吸引读者静下心来，在庸常的生活中被磋磨得疲惫不堪的心渐渐被殷琦笔下的温情唤醒、充盈。我们应该相信真诚永远能穿透岁月和时代，感动所有的人。

  故乡是殷琦创作的灵魂，生活激发了她的写作灵感，能用行云流水的文字让生活如潺潺流水流淌在笔下，这都是得益于她这么多年大量地阅读和不停地书写。

她的生命正如她所言："我没有虚度那一段光阴。"我想，光阴也一定不会辜负如此认真努力的她，也许眼前这本散文集正是最美好的岁月的回赠。

（曹文芳，中国作协会会员。作品曾多次获冰心儿童图书奖，入选国家新闻出版广电局向全国青少年推荐的百种优秀图书。）

# 序三
# 生活足迹的深情记录

贾连友

很久以前就认识殷琦，发现她写作散文的才华，却是在我临近退休时，从网上读到《一辆永久牌自行车的故事》。我惊喜于她用普通生活小事，贯穿浓缩了改革开放40多年来的社会发展和时代变迁，勾起了我们这一代人对岁月流逝的怀念。或许是她的文笔才情，或许是她远离功利写作的平常心触动了我。当她计划把多年来撰写的散文结集出版时，我欣然答应，简短谈点阅读体会。

殷琦的散文有着鲜明的特点：

一是成长足迹的记录。对于一个写作者来说，人生的经历和阅历，是文学创作重要的积累和源泉。读殷琦的散文，可清晰看到她的生活、学习、工作及成长的脉络和轨迹。回顾和总结人生的喜乐得失、生活感悟，可能是大多数人退休后的怀旧追忆，而殷琦却在工作之余记录了光阴荏苒，白驹过隙留下的生活赐予。

殷琦的《我的好老师》之一，之二，之三，讲述了成长记忆中，遇到的美好而难忘的三位老师，对她人生的重要影响：专注与自律的品质习惯养成，可追溯到上村办小学时，班主任殷志荣的教育和培养；她对写作产生的兴趣爱好，起源于上初中时，在铁佛中学深受语文老师吴秀林的影响和鼓励；她乐观开朗，拼搏向上的生活态度，得益于上汉中师范时，班主任纪玲的言传和身教。学生时代品学兼优的殷琦参加工作后，从到农村小学教书起步，成长为汉中教育系统优秀人才，担任了多年汉台区小学教育教学研究工作负责人，取得了丰硕的成果和众多的荣誉。

二是真情感恩的回忆。伴随和滋养殷琦成长的，是家庭、学校、单位里浓浓的亲情和友情。为此，殷琦总是心存感恩地，记录着那些温暖和感动她的亲人、同学、同事，并知恩图报，发愤努力，做好自己。她用真诚和善良，在平凡的人生中，创造出特有的精彩。

她写给外婆的《六块六毛钱》；写给父亲的《无言地诉说》；写给母亲和哥哥的《在慢时光里体验亲情》；写给同事的《一双护膝的温情》等，都满含深情地展示出人间大爱。

三是文学语言的鲜活。殷琦的散文雅俗共赏，浑然天成。她对故事的讲述，对人物的刻画，对动植物的描写，皆栩栩如生，引人入胜，生动传神。《小院时光》《胖胖和小刘》《套猫记》等，显示出她的文字特有的魅力。

当然，作为一名业余写作者的散文结集出版，个别篇章还略显单薄，但也朴实无华，瑕不掩瑜。

我相信，殷琦在今后的写作中，对人生，对社会，对世界会有更多的思考升华，会有更多的佳作问世。

（贾连友，中国作协会员，汉中市文联原党组书记、主席。）

# 序四
# 最是真情能动人　笔墨浓淡总相宜
### ——读殷琦散文集《光阴里的故事》有感

万敏杰

殷琦是汉中教育界的名师，这几乎是业内的共识。她知性优雅，多才多艺，持守教研主业，跨界多维发展，在教学实践、教学研究，教师培养，文学写作，阅读推广等多方面做得风生水起、成就不凡。她作为高级教师，长期担任汉台区教研室小教科科长，先后荣获国家级优秀教研员，陕西省语言文字先进个人，汉中市教学能手，汉中市学科带头人，汉中市优秀教师等多项殊荣。她多年来致力于小学语文教学研究工作，先后主持参与省市级课题7项，在省市级刊物、核心期刊和学习强国平台发表文章20余篇，培养省市级教学能手百余名，近年更是致力于阅读推广活动，带领孩子们从生活的此岸到达文学的彼岸，引导他们追求人生的诗意和远方。

癸卯孟夏，殷琦从网络发来她的散文集《光阴里的故事》，作品54篇，共计10多万字，嘱余作序，我收到颇为吃惊，我只知她是教育界的名师、才女，殊不知她还涉猎文学，且出手不凡，成绩不俗。文如其人，她的散文真诚质朴，文笔清新自然，作为教坛老朋友，同时作为文艺评论工作者，提携新锐，奖掖优秀，也是分内应有之义、应尽之责，便欣然应允。然我本性慵懒，加之杂事纷呈，竟延宕至季夏荷月，才勉力为文，以求教于业内宿儒方家。

初读、再读、品读殷琦的散文，整体上形成如下的感觉和认识。

一是题材丰富多样，广纳生活万千景象。

读殷琦的散文，感觉她丝毫没有刻意地去挖掘题材、搜罗素材，要摆出一副写作的架势，立志要写出什么微言大义来。她写得很随意，几乎所有文字都是来自她自己的生活，以"我"为圆心，以现实生活和萍踪旅影的阅历为半径，画出了她的写作之圆，写出了她的所历、所见、所闻、所思、所感，写作的线索是由远及近，有对童年、少年时代生活的追忆，对学生时代生活的回忆，对工作家庭生活的从容诉说，娓娓道来，慢慢地讲到了当下和眼前；写作的内容则由家庭亲情、同学友情、同事深情到睦邻友好的深厚感情，不一而足。唯其对内容的熟悉、记忆的清晰、感受的深刻，领悟得透彻，所以她笔下的人物、事件，不仅有轮廓、有过程，更有典型的细节，所以显得栩栩如生，讲的是她自己的故事，感染、影响和温暖的是同龄人、同时代人，从这个意义上说，她的故事便突破了个人的狭隘，带有时代的烙印和普遍的意义，带有为一代人从文学侧面立此存照的意义。我因为和她算是同时代人的缘故，所以她的文字很能引发我的同理心、共情心和共鸣感。在写物、写事的文章中,她早期的一组文章尤其写得生动传神、充满深情,如《一辆"永久"牌自行车的故事》写得感性、曲折、生动感人,给人留下了深刻印象,也留下了物质匮乏年代的独特印记,她写道:"呵!多威风的一辆自行车,通身呈黑色,前后轮子的白金属色在阳光下熠熠生辉,摇一圈脚踏板后轮发出'沙沙'的声响;拉一把手闸,转动的车轮戛然而止;摁一下车铃,'丁零……'发出一串悦耳的声音。我们围着车子说呀、笑呀,那种幸福,那种满足,无以言表。崭新的车子吸引了左邻右舍的乡亲来看热闹。'哎,还是永久牌的。''嘿,还是28圈的,多带劲啊!''以后走城上街我们可要借的。'爸爸是个不苟言笑的人,这一天也特别高兴,不停地给邻居们发烟,介绍自行车的性能。我在一旁悄悄地看着,心里那个美呀,真想向全世界高喊:我们家买自行车啦!"这一段写得很典型,对新自行车的车型、颜色、声音,栩栩如生地呈现出来;对拥有新自行车的全家人的神态、语言、心情,细致入微地描绘,很有现场感和鲜活的画面感,中间插入自行车差一点被父亲卖掉的"插曲"情节,使这一篇文章更添曲折和波澜,更加丰富和生动,更突出全家人对自行车的喜爱之情,刻画了父亲的形象和性格。这篇文章使我油然想起我家当年在村上最早拥有自行车,村里人经常来借,父亲慷慨外借的那种自豪感。《飞天、母亲和我》中,把母亲夜以继日的辛劳付出、无私的母爱写得生动传神。"自从这个'飞天'到我家,母亲真的飞了起来。天不亮就起来裁衣服,中午放工后,母亲随便吃两口饭,缝纫机就'嗒嗒嗒'地响起来。晚上收工后,缝纫机又'嗒嗒嗒'响起来,至于响到啥时候,我们都不知道。"

夏天的夜晚,别人家的妈妈,摇着蒲扇,在葡萄树下,看着或缺或圆的月亮,哼着歌谣,哄着孩子,享受着天伦之乐,享受着清凉,放松一下劳作了一天的身子。而我的母亲,在白炽灯泡下,弯着腰,低着头,眼睛紧凑在缝纫机头上,脚踩手拉,一刻也不敢放松,吃针了,跑线了,都得重来。蚊子在耳边哼哼,在她脸上、胳膊上大快朵颐,腆着透着红光的肚子,蚊子安生了。母亲抹一把汗,手里是夹着蚊子的血水。

冬天的夜特别长,鸡叫三更了,母亲揉揉酸涩的眼睛,搓搓发僵的手,哈一口热气,又弯下腰低着头,眼睛紧凑在缝纫机头上,脚踩手拉……"

《手表、光阴和我》一文,把"我"的神态、心理写得活灵活现、生动有趣:"天哪!那个亮闪闪的洋气东西要戴在我的胳膊上了,我兴奋得都不相信自己的耳朵,我赶紧用肥皂把胳膊、手腕洗了又洗,用毛巾擦拭干净,才小心翼翼地将手表戴在胳膊肘子上面,一来自己太瘦,二来害怕手表掉了,三来害怕别人说我是烧料子(爱显摆)。戴上手表,在镜子前照了又照,突然间感觉自己变漂亮了,变成洋气的城里人了,我情不自禁地想把这个喜讯告诉天下人。我挺起胸抬起头大踏步地走出家门,步子缓慢又稳重,在村里走了一圈,东瞅瞅西看看,从他们看我的眼神研判,居然没有一个人发现我戴表了。不行,趁大妈还没有要回她的表之前,我要在小伙伴面前显摆,我也像大妈那样,将手表挂在手腕上。'哇!手表呀!这也太拽了吧!'听着小伙伴的惊叹,看着他们艳羡的目光,我开心极了。"

同学们在校园里顽皮地逗赵老师看表的情景写得很有趣,动作细节很有现场感和画面感:"在校园里有学生见着她就会恭恭敬敬地问:'赵老师,几点了?'赵老师总会胳膊一伸,翘着兰花指,以不容置疑的口吻说几点了,可问话的学生早已不知去向了。"

《六块六毛钱》写亲情写得很传神,把外婆对自己无私的爱,把自己与外婆之间的深厚感情,写得很传神,表达得淋漓尽致。"我连忙打开那裹了一层又一层的塑料纸,是钱!没错,是包花花绿绿、形状各异的钱!最大的票面是两元,最小的是一分硬币,在泪眼中我数了数一共六元六角,我再也控制不住了,所有的情绪在那一刻爆发了,我失声痛哭起来。外婆已经八十多岁了,这六块六毛钱也许就是她的全部家当!外婆不知走了多少村串了多少户卖了多少豆芽才积攒下这六块六毛钱?在夏日当头中叫卖,在雪花飞舞里叫卖,在晴如刀的扬尘路上叫卖,在雨如胶的泥泞路上叫卖……"这一段写得细腻传神,使我油然联想到"梁宝生买稻种"中的细节。《糖的滋味》写的是物质匮乏年代的味觉和记忆,写得真实真切,唤醒、刺激和搅动了人的味觉系统,由糖思甜,调动得人津液暗生,味蕾思动,心生向往。《童年里的青与白》写的是味蕾和嗅觉的记忆,抒发的是浓浓的亲情,承载的是淡淡的乡愁。《一双护膝的温情》抒发的是亦师亦友、不是亲人胜似亲人深厚的同事之情。"一双护膝,一段友谊,一生情缘,它带着温情,化解了世间所有的苍凉!"《在慢时光里体味亲情》把亲情写得细微而温暖、传神而感人。母亲、哥哥对我的关爱呵护,哥哥对母亲的孝顺、关心,写得真情款款、生动感人。"每一个人生的十字路口都有哥哥的呵护和帮助!到了宗营路口,哥哥从车窗里伸手示意我走,再见!是呀,妹妹永远走不出哥哥的视线!哥哥永远是妹妹心中的一座灯塔。"在写人的文章中,《我的好老师》《老师是好人》《海鸥妈妈》等都写得很细腻传神,其形象、神态、栩栩如生,如在眼前,写了自己遇到这些好老师,是多么地幸运和福气,他们对自己的教诲,对自己未来人生的影响。带复式班的殷志荣老师的仁爱、包容,对"我"的关心爱护;吴秀林老师的知识渊博,他对"我"写作的指导和鼓励,他读书的神态定格在了"我"的记忆里,"吴老师边踱着步子边读书的样子本来就是一道风景线。"纪玲老师工作得严谨认真,精益求精,她对学生的关爱、鼓励,善于发现学生身上的优点、亮点和闪光点的教学艺术。《海鸥妈妈》可以看作写纪玲老师的续篇,纪老师荣退后,把几十年来对学生无微不至的关爱呵护之情,转移到了汉江上的"海鸥"身上,爱鸟、养鸟、喂鸟、护鸟的生动故事,写得深情感人,令人动容感慨、赞叹不已,多么仁爱的老师,多么慈祥的老人,在她的心目中,众生平等,每一个生命都值得珍惜和呵护,大爱在她身上体现得淋漓尽致。《小院时光》写的是同事之情与邻里和睦相处之谊,写得生动传神,其中有些老师我也熟知,唤起了我对他们的记忆和印象,感同身受。

作者除了"小我"之情的尽情抒发,也写到了"大我"之爱,《到天安门广场看升旗》《今天是你的生日,我的中国》《咱们的"中国年"》等,虽然写的是大题材,但作者选择的是个人的角度、私人的视角,写得真实真切,真情流露,细节毕现,表达了对伟大祖国的无比崇敬和热爱。当然,作为一名教研员,也写到了她对年轻教师的关注、鼓励和指导帮扶,对同学、同行、优秀教师的褒扬和称赞,《这个女子有点不一样》《善良是你的护身符》等;她作为一名阅读推广人,对师生阅读的推广、对全民阅读活动的参与,《读书可以给你一个好人生》《读书的力量》等,也有写现实社会好人娜娜的文章《体面》,传递的是一种传统精神坚守,传播的是现实社会的正能量。也有读书体会的文章《读〈扫除道〉有感》,反映了作者对环境的关注和评说;还有几篇写小动物的文章《套猫记》《胖胖和小刘》等,用拟人的手法写猫,以人格写狗格,写得生动活泼、饶有趣味。总之,作者笔下写的全是自己亲身经历或耳闻目睹的事情,写的是自己熟悉且有感受、感悟的生活,所以写得自然流畅、生动感人,只有感动了自己的东西才能感动别人,只有自己心中有阳光才能照亮别人,这一点,在殷琦的散文中表现得尤为鲜明和突出。

二是情感真诚炽热,文笔生动流畅。

写散文,其实是在写自己。写散文就是在写自己的性情,写自己对生活的感受和认识,对社会和人生的见识和理解;散文是最不能作假的文字,虽然说"文如其人"并不尽然,但对于殷琦而言,"文如其人"却很是贴切。她在生活中是一个真实坦诚、真性情、有情怀、爱帮人、助人为乐的热心人;反映在她的散文里,每篇文章真情流露、真情感人,既不靠虚假的煽情或矫揉造作的矫情,也不靠华丽的辞藻和优美的句式,所以她的文章纯朴自然、清新灵动、真情感人,所谓"情到深处文自工",引发人的内心同感和共鸣,令人情不自禁、泪眼婆娑。这才是来自生活真实场域、来自作者心灵深处的好文章,杜撰不来,也编不出来。当然对生活中的真实事情,作者并非是日记体的原始的罗列和铺陈,而是做了剪裁、构思和精彩呈现,选择的素材、表达的主题、切入的角度和文章的整体构思,还是有许多可圈可点的东西。作者善于讲故事,讲自己的故事、讲亲情的故事,讲与人交往的故事,总是丝丝相扣,亲切自然,很有现场感和代入感,在生活中也可能是平淡无奇的生活,但作者总是讲得娓娓动听、深情感人。情感真挚,情感充沛,以情动人,真情感人是她的散文的又一个特点。这个特点在她的文章中俯拾皆是,《糖的滋味》中,"我兴奋地打量着手中的宝物:它穿着漂亮的红衣服,有头有尾,摸一摸硬硬的,嗅一嗅甜丝丝的。我小心翼翼地把糖纸拆开,纸放在包里,糖进嘴的那一刻,周身像通了电一样,麻麻的、甜甜的,感觉就像把整个果园吞进了嘴里,满口生香,幸福无比。这种妙不可言的感觉持续了几秒钟,在我张嘴说话时,不妙的事情发生了——整个糖块咽进肚子里了。我一怔,赶紧跑到屋里,用手掏,使劲咳嗽,试图把糖块弄出来,结果是肉包子打狗——一去不复还。看到小伙伴细细地品咂那珍贵文物,我又羡慕又难过,为此我懊恼、后悔了很久。"写出了独特的感受、真实的体会,写出了真情实感,很具有感染力。作者在《在慢时光里体味亲情》写道:"母亲知道哥哥腰疼,不能提重,抢着要提橘子,哥哥觉得母亲已是近八十的人了,坚决不让。最后母亲说那咱们一边扯一个口袋绳子,抬着走,哥哥却独自提着橘子先走了,母亲紧跟在后面,'你腰不好,我来。'哥哥不理,只顾着走。前一段时间天老下雨,路滑不好走,走到渠坎边,哥哥放下橘子休息,母亲抓起口袋就跑,'妈,你放下,给我。'哥哥在后面追,快到村子了,母亲才放下橘子,母亲喘着气:'今天咋这么热,里边衣裳都弄湿了。''叫你别提,衣服弄湿了,感冒了才合不来。'哥哥半是心疼半是责怪。恍惚间回到了小时候,夕阳里,我们一家人手拿肩扛,在牧童的短笛声里晚归。"这段文字,通过母亲和哥哥抢着提重物这个细节,对亲情的体悟和表达很细腻、很真实,母亲体恤哥哥"腰疼",哥哥担心母亲年迈"受累",反映了母子情深,抒发了浓郁的亲情,读来既自然真实,又感人至深。文中真情流露、深情感人的地方还有很多,鉴于篇幅不再赘述。

三是语言质朴自然、清新生动,很有感染力。

殷琦的散文语言,有自己的特点。首先是纯朴自然,接地气,有亲和力,天然去雕饰,没有生硬的修饰或过度文学化的点缀,其次是生动活泼,很有感染力。最后善于运用口语方言、谚语、俚语来表达她眼里、心里的生活,显得清新自然,很有表现力,也亲近亲切,营造出纯朴天然的自然和人文氛围,很有代入感和感染力。例如写景的文字,往往寥寥数笔,简洁优美、清新生动,很好地营造了氛围、烘托了气氛,一切景语皆情语,抒发和表达了情感。作者在《在慢时光里体味亲情》中写道:"此时的田野是寂静的,黄花地里的杂草在秋风里结籽,油菜苗才被移栽来,怯生生地紧贴在地面上,麦田里的小麦刚刚发芽,不仔细看是看不见的。晚熟的玉米还穿着绿衣服,等待着主人收那总也长不大的穗子。'看,朱鹮!'哥哥指着不远处,果然有五六只朱鹮,在田间觅食,见有人靠近,'嘎'一声起飞,粉色的翅膀,在苍茫的天际下飞翔,舒展,优美!瞬间已站在对面的杨树上,花喜鹊、白鹤、麻雀此飞彼停。坡地里,又是一番风光。远远看去漫坡遍野都是青黄相间的油画,色彩浓烈、饱满。你挤我挨的橘子,在弯弯的枝头高调地炫耀自己的成熟!说笑声,剪橘声,机动车的喇叭声,构成了一幅美丽的丰收图。""晚霞将山林涂上了一层金辉,空气中弥漫着栀子花的清香,我们沿着河岸向上走,清澈的河水发出了欢快的笑声,俏皮的小鸟在前面忽飞忽落，一段时间来的所有疲惫一扫而光，眼里、心里皆是美好！"（《山村校长》）"初夏的微风带来了石榴花的火红，带来了田野麦浪滚滚的律动，也带来了远方游子的回归。陈静林老师从兰州回来了。"（《相逢是首歌》）"初冬的汉江河，薄雾轻绕，调皮的风儿吹着口哨，四处游玩，河水一改往日的活泼，静静地不分昼夜地流向远方。人们轻快的脚步伴着岸边飞舞的树叶，和着一股暖流，涌向人们的心田。"（《海鸥妈妈》）这些景物和环境描写的语言，贴切自然，清新灵动，很有感染力。

当然"知学生莫若师"，对殷琦文章的特点，最准确和中肯的评价，还是她的恩师吴秀林老师点评得到位：一是有真情实感；二是关注细节；三是语言鲜活生动，人物的语言符合人物的身份。

当然作者尝试写作，出第一本散文集，她在写作上已经展露出她不同寻常的才华和写作特点。但毋庸讳言，她在写作上还有很大的成长和提升空间，有个别地方显得不够自然，文体混搭。还有一些文章结尾都有"画龙点睛"提升升华的总结性文字，可以看出杨朔散文影响的痕迹。尤其《套猫记》会不会引发动物保护主义者的不同看法，也值得商榷。

总而言之，作者初次出书，起点高、文风正、成果丰，可喜可贺，祝愿作者再接再厉，再出佳作，为汉中散文园地增添鲜艳夺目的奇异花朵。

（万敏杰，资深教育人、知名文化学者，汉中市文艺评论家协会主席，《汉中教育》特邀编辑，《汉江书院》主编，汉中市龙岗学校教科所所长。）

# 目 录

序一 ································································· 1
序二 ································································· 4
序三　生活足迹的深情记录 ·································· 8
序四　最是真情能动人　笔墨浓淡总相宜
　　　——读殷琦散文集《光阴里的故事》有感 ········ 10

## 一、光阴里的温情故事

一辆永久牌自行车的故事 ································· 3
"飞天"、母亲和我 ··········································· 7
手表、光阴和我 ··············································· 10
六块六毛钱 ····················································· 13
糖的滋味 ························································ 16
童年里的青与白 ··············································· 19

无言地诉说……………………………………………22
一双护膝的温情
　　——谨以此文献给我敬爱的陈静林老师…………26
相逢是首歌……………………………………………29
在慢时光里体味亲情…………………………………32
小院时光………………………………………………35
套猫记…………………………………………………40
有趣的聚会……………………………………………42
中秋话情缘……………………………………………45
茶淡情谊浓……………………………………………48
菜豆腐和油饼馍………………………………………53
麻汤饭…………………………………………………56
雪地里的那一抹红……………………………………60

## 二、光阴里的星星之光

我的好老师……………………………………………67
一本值得一读再读的好书……………………………79
如花似玉………………………………………………82
这个女子有点不一样…………………………………85
老师是好人……………………………………………88
体面……………………………………………………91
海鸥妈妈………………………………………………94
海鸥，海鸥，你是我们的好朋友……………………97
收废旧的人……………………………………………100

山村校长……………………………………………… 103
善良是你的护身符…………………………………… 106

## 三、光阴里的隐形翅膀

读书可以给你一个好人生…………………………… 111
读书的力量…………………………………………… 114
读《扫除道》有感…………………………………… 118
该怎么样就怎么样吧………………………………… 121
学习语文其实很简单………………………………… 124
到天安门广场看升国旗……………………………… 128
今天是你的生日，我的中国………………………… 131
不乱丢垃圾是一种修养……………………………… 134
劳动是幸福的源泉…………………………………… 137
忙是上天的恩赐……………………………………… 140
灿烂照耀……………………………………………… 143
紫薇山庄……………………………………………… 146

## 四、光阴里的深情馈赠

时光不语　静待花开………………………………… 153
西关后街……………………………………………… 156
安康印象……………………………………………… 159
安康的夜晚…………………………………………… 162
龙头山归来不看雪…………………………………… 164

藏在深山人未识　世外桃源好避暑……………… 167
胖胖和小刘……………………………………… 170
柚子　柚子……………………………………… 174
小生活大学问…………………………………… 177
那一条山路……………………………………… 179
人在旅途………………………………………… 182
我与书的故事…………………………………… 187
咱们的"中国年"
　　——畅所欲言话"年味儿"………………… 190
附：畅所欲言话"年味儿"……………………… 194

**后记　感恩生活的馈赠**……………………… 203

# 一、光阴里的温情故事

# 一辆永久牌自行车的故事

周末到哥哥家去玩,经过他家柴房时又看到了那辆自行车。车子的前后带都瘪了,无力地耷拉着脑袋,车头扭向一边,车座上的黑皮也裂了许多口子,车圈上斑驳的铁锈不时提醒它已多年不曾转动。夕阳的余晖照在这辆破旧不堪的车子上,我一下子回到了32年前,想起了关于这辆车的一些人和事儿……

那是1982年的年底,在村上当妇女主任的母亲,开会时听时任汉王乡计生专干的小张说,他弄到了一张永久牌自行车的车票(那年月买自行车要用车票),当时我妈希望他可以让给我家,因为我家急需一辆自行车。哥哥在汉中上高中,那时武乡至汉王没有通车,每周末回家只能从武乡镇走到殷家冲,一来一回得6个小时。也许是弄张自行车票太不容易了,小张同志没有当场表态是给还是不给,他经过一夜的思考还是给我们了。当时我们一家人无比兴奋,在期待中自行车推回来了。呵!多威风的一辆自行车,通身呈黑色,前后轮子的白金属色在阳光下熠熠生辉,摇一圈脚踏板后轮发出"沙沙"的声响;拉一把手闸,转动的车轮戛然而止;摁一下车铃,"丁零……"发出一串悦耳的声音。我们都围着车子说呀、笑呀,那种幸福,那种满足,无以言表。崭新的车子吸引了左邻右舍的乡亲来看热闹。"哎，还是永久牌的。""嘿，还是28圈的，多带劲啊！""以后走城上街我们可要借的。"爸爸是个不苟言笑的人，这一天也特别高兴，不停地给邻居们发烟，介绍自行车的性能。我在一旁悄悄地看着，心里那个美呀，真想向全世界高喊：我们家买自行车啦！

　　从此哥哥上学就骑着永久牌自行车，再也不用双脚亲自去丈量那雨如胶晴如刀的九岭十八坡了。

　　又是一个星期天，一连几天的阴雨，使那条黄泥路更不好走了，不知哥哥能否回家？下午吃饭的时候，我们一家人就在议论这事。爸爸说，上次走的时候，忘了叮咛，如果下雨了，车子就扛在肩上，车子是不能见水的。天快黑的时候，哥哥回家了，他是骑着自行车回家的，他居然是骑着自行车回家的！父亲愤怒极了："你的心叫狗吃了？你不知道自行车见了水是要生锈的？你咋不知道把自行车扛在肩上？你这个败家子……"爸爸脾气大，对哥哥却从不多说一句难听的话，听着爸爸的抱怨、叫骂，我躲得远远的。只见他一边骂，一边擦车，兴许是泥巴粘得太多了，以至于爸爸在天黑后好久才把那个宝贝车擦干净。擦干净的自行车摆放在堂屋中间依然是那样的威风，那样的漂亮。第二天的下午哥哥又要上学走了，自行车扛在了哥哥的肩上，爸爸的脸上露出了满意的微笑。

　　时间转到了1983年的年底。爸爸做了一件触怒全家人的"错事"，我们大家，包括我都批评了爸爸，言辞可谓犀利。爸爸居然像做错了事的孩子一样低头不语，偶尔还干笑几声。事情的起因都是因为这辆自行车。父亲和永久村的村长在开会的间隙聊天，说到交通工具时，村长表示非常渴望买一辆自行车，但苦于找不到车票，父亲是个对外人特别热心的人，一听这样，便说我们家有一辆自行车，而且是永久牌的，如果愿意的话就卖给他，村长一听，二话没说"要！原价要！"过了几天，村长便把180元钱交给了父亲。父亲回家一说这事，便遭到了全家人的一致强烈反对。这是父亲一生中，唯一一次遭全家人围攻而不言语，父亲的脾气暴躁，平时只有他呵斥别人的份，这一次居然不生气，真是太意外了。"我已经答应别人了，钱也收了，那咋办？"父亲的声音很轻，很小。"不管他是天王爷，二老子，谁想把自行车推走，门都没有！"母亲几乎是吼着。"那我给人家说说，哎……"父亲无可奈何地嚅嗫着。过了几天，父亲回来高兴地说："车钱还给人家了，自行车还是咱们的。"我们在胜利之余，母亲心疼地问道："那村长咋说的？人家有没有为难你？你看你弄得这是啥事？……"父亲连声回答"没有……没有……"至于退钱的细节父亲只字未提，管他呢，反正自行车还在，我们高兴还来不及，谁管它细节不细节的。

时间在自行车的车轮里悠悠地转动着。1984年对于我们老殷家来说，绝对是个值得骄傲与纪念的年份。炎热的7月过去了，8月中旬，我们兄妹俩陆续接到了入学通知书，哥哥被省粮校录取，我被汉中师范学校录取。消息像长了翅膀一样，飞过了汉王的村村岭岭、山山水水，人们七嘴八舌。有的说父母教子有方，有的说是子女争气，我们全家都说：要论功劳还是我家那辆加重28永久牌自行车最高。

要说我与这辆自行车的亲密接触，那是1985年的事了。哥哥在西安上学用不上了，爸爸在1985年暑假永远走了，弟弟尚小，那时母亲还不会骑自行车，我就自然成了车主。当时的汉中师范校园,有自行车的人还屈指可数,我的自行车引起好多同学的羡慕,好多外班,甚至高一年级的同学都来借,我的虚荣心得到了极大地满足。1986年哥哥从西安回汉中工作,我就把这辆车主动交给了哥哥。

  岁月更迭,我家的交通工具也在不断地变化着,从轻便的自行车、木兰轻骑、摩托车、电动车到小轿车,速腾车上的里程表显示也有十万公里的行程……但不管车子咋样变化,那一辆老式永久牌加重自行车带给我们的温暖与记忆永远不会忘记。真的,永远不会忘记。

(写于 2012 年 9 月)

## "飞天"、母亲和我

前年暑期到新疆旅游,专程绕道敦煌,想一睹莫高窟飞天仙女的芳容,只可惜有缘无分,阴差阳错,来回都与之失之交臂,只好悻悻而归。回望敦煌,一望无际的沙漠、戈壁,怎么也与我心中的那个衣带飘舞、臂挎花篮,将幸福的花儿洒向人间的仙女联系不到一起。

那是1976年的夏天,母亲在武乡镇裁缝班学成之后,买回来一台敦煌牌缝纫机。在那个物资匮乏的年代,"三转一响"(自行车、缝纫机、手表、收音机)绝对是殷实人家的标配,属于奢侈品。看着襟飘带舞的仙女,我问父亲:"爸爸,这个美女好像在飞。"父亲笑了:"她是飞天,这个缝纫机是敦煌牌的。""敦煌是什么?这个人真的能飞上天吗?""敦煌呀是个地名,位于河西走廊的最西端,地处甘肃、青海、新疆三省的交汇处,敦煌也是丝绸之路的节点城市,以'敦煌石窟''敦煌壁画'闻名天下,是全国重点文物保护单位莫高窟和汉长城边陲玉门关、阳关的所在地,这个飞天就是敦煌壁画中的一个。"从此以后,这个身着鲜衣,襟飘带舞的仙女就住进了我的心里。

自从这个"飞天"到我家,母亲真的飞了起来。天不亮就起床裁衣服，中午放工后，母亲随便吃两口饭，缝纫机就"嗒嗒嗒"地响起来。晚上收工后，缝纫机又"嗒嗒嗒"响起来，至于响到啥时候，我们都不知道。

夏天的夜晚，别人家的妈妈，摇着蒲扇，在葡萄树下，看着或缺或圆的月亮，哼着歌谣，哄着孩子，享受天伦之乐，享受清凉，放松一下劳作了一天的身子。而我的母亲，在白炽灯泡下，弯着腰，低着头，眼睛紧凑在缝纫机头上，脚踩手拉，一刻也不敢放松，吃针了，跑线了，都得重来。蚊子在耳边哼哼，在她脸上、胳膊上大块朵颐，腆着透着红光的肚子，蚊子安生了。母亲抹一把汗，手里是夹着蚊子的血水。

冬天的夜特别长，鸡叫三更了，母亲揉揉酸涩的眼睛，搓搓发僵的手，哈一口热气，又弯下腰低着头，眼睛紧凑在缝纫机头上，脚踩手拉……奶奶心疼她三儿媳妇，常常抱怨道：你一个女人家，顶两个男人干的活，白天挣十个工分（满分十分），黑了（晚上）还要挣十个工分（给别人加工衣服，人家给拨工分），迟早要把你累垮。

母亲飞起来，我也跟着飞起来。放学回家，做饭、洗锅、喂猪、垫圈（往猪圈里倒土坯、树叶）都成了我每天的功课。

一进腊月门，母亲裁衣案上的布堆得小山一样高。邻居的、同村的、前岭的、后湾的、亲戚的、朋友的，一件都不敢怠慢，要在年三十完工。母亲忙不过来，我自然就承担了一部分工作，锁扣眼、钉扣子、熨衣服。熨衣服确实是个技术活，我们用的是火熨斗，熨斗在炉子上烧，太烫，把衣服熨坏了；不烫，衣服熨不展；熨得太久，衣服表面发白（大部分衣服材质是涤卡）。一次我正在熨裤子，有人来取衣服，我赶紧给人家拿，等把客人送走,那个裤子也冒青烟了,我又害怕又内疚,哭得稀里哗啦,也许母亲觉得一个不到10岁的孩子能做到这些已经很不容易,反倒劝我:坏了就坏了,给人家赔一块布就行了。可我心疼母亲得熬多少个夜才能给人家赔那块布呀!

年越来越近,发豆芽、碾糯米面、做醪糟、杀猪、买年菜,邻居家的包子出锅了,年夜饭上桌了,新衣服该试试了……那是别人家过年的打开方式。我们家的年哪叫年关呀!取衣服得坐在院子里等,鸡叫两遍了,还有衣服没做完……

新年到,放鞭炮,穿花衣,戴新帽,那是属于别人家孩子过年的喜悦。

生活总是公平的,有失就有得。耳濡目染,我也学会了纫缝纫机,能做一些小活儿,比如,裤子屁股上的圆补丁,膝盖上的方补丁,尖尖的假领子,跳格子用的豆包……村里人夸我手巧,夸我能干,我也乐意听。

山一程,水一程,飞天陪我们走了一程又一程。包产到户以后,农村买缝纫机的多了起来,买成品衣服的也渐渐多起来了,母亲加工衣服的活儿慢慢少了起来。

如今,当年那个立了大功的飞天早已退出历史舞台。静放在窗前,它的上面放着烧水壶、水杯子等杂物,再寻常不过的一个老物件。当你蹲下身子,看那磨平的脚踏板,打过节的皮带,才能感知它的荣耀与辉煌。

多想去敦煌亲眼看一看那位刻在缝纫机上的,也刻在我脑海里长袖飘飘的飞天仙女啊!

(写于2018年夏天)

## 手表、光阴和我

第一次见到手表我六岁多。在城里工作的大妈回老家走亲戚,她手腕上戴着个闪闪发亮的圆坨坨。大妈那时四十多岁,烫着卷发,穿着白色的确良短袖衬衣,白皙的胳膊,瘦削的手背上有几条青筋,手表就那么松松垮垮地戴在腕上,一副俏佳人的模样。我整天黏着大妈,眼睛盯着手表,一会儿用手摸摸,一会儿又把耳朵贴在腕上听那"铮铮"的声音,一会儿又用鼻尖闻闻那表,感觉香香的。大妈可能看我实在喜欢得不得了,就把手表取下来让我戴,叮嘱不能见水,不能摔了。

天哪!我没有听错吧?那个亮闪闪的洋气东西要戴在我的小胳膊上了,我兴奋得都不敢相信自己的耳朵。我赶紧用肥皂把胳膊、手腕洗了又洗,用毛巾擦拭干净,才小心翼翼地将手表戴在胳膊肘子上面,一来自己太瘦,二来害怕手表掉了,三来害怕别人说我是烧料子(爱显摆)。戴上手表,在镜子前照了又照,突然间感觉自己变漂亮了,变成洋气的城里人了,我情不自禁地想把这个喜讯告诉天下人。我挺起胸抬起头大踏步地走出家门,步子缓慢又稳重,在村里走了一圈,东瞅瞅西看看,从他们看我的眼神研判,居然没有一个人发现我戴表了。不行,趁大妈还没有要回她的表之前，我要在小伙伴面前显摆，毕竟机会难得呀！我也像大妈那样，大大方方将手表挂在手腕上。哇！手表呀！这也太拽了吧！让我们摸摸、听听……听着小伙伴的惊叹，看着他们艳羡的目光，我开心极了。

大妈在老家玩了几天回城里去了，可那亮闪闪的手表已经住进了我的心里。我总会有意无意间盯着那曾经戴过表的空荡荡的手腕发呆，突然灵机一动，何不用笔在手腕上画一块表，聊以自慰。看着腕上几个小时的劳动成果，真心为自己的创新嘚瑟。为这连续被爸爸骂了几次，说我好慕虚荣，说油笔有毒哩，我哪管得了那么多，画的表也是表呀！

上初中后教我们英语的老师姓赵，也戴着一块表，比大妈的那块表要小一些，听说这种表叫坤表。许是她的穿着打扮与众不同：卷发，毛呢大衣，浑身散发着香味，她的一言一行自然就成了同学们关注、议论的焦点。有同学说赵老师是用香皂洗衣服，也有同学说，人家那是当兵的丈夫给买的香水。她每次看时间的时候，胳膊猛地向前一伸，露出手表，翘着兰花指。她这个招牌动作，同学们一下课就模仿。在校园里有学生见着她就会恭恭敬敬地问："赵老师，几点了？"赵老师总会胳膊一伸，翘着兰花指，以不容置疑的口吻说几点了，可问话的学生早已不知去向了。

十五岁那年，我拥有了自己的第一块手表。上初三时，姑父为了鼓励我好好学习，说如果我考上学（指中专）就给我买一块手表。也许是手表的力量，我当年真考上了中专，姑父花了近一个月的工资给我买了一块蝴蝶牌手表，一时间姑父给我买表的事在汉王传为佳话。毕竟那时候手表是奢侈品。

不知道从啥时候开始不流行戴表了。再次戴表，我都快五十岁了，学生给我买了一块飞亚达手表，甚是喜欢，常常自嘲是表姐。

手表和我在光阴里慢煮，熟了的是心智，老去的是容颜，可永远不变的是那一块手表带给我的美好回忆。

## 六块六毛钱

那是 1985 年的夏天,离现在将近 40 年了。

那一年我 17 岁,在汉中师范学校上二年级。虽已进入初夏,但我的心却一直冰凉冰凉的,去年暑期,父亲永远地走了。我整天以泪洗面,除了上课、看书外,很少跟人交流,孤独、寂寞、痛苦像三座大山一样压得我昼夜难安。周末回到家,面对白发苍苍的奶奶、满面愁容的妈妈和尚未成年的弟弟,心情更加沉重。这天宿舍里王同学的爸爸来看她了,触景伤情,我一个人跑到莲花池默默流了一会儿泪。明天就是星期天了,回家吧,我这状态,只能让家里人更难受;不回吧,宿舍里的人都探亲访友了。算了,去看看外婆吧!想起外婆,我冰凉的心里有了一丝丝暖意。每次到外婆家,外婆总是把自己平时舍不得吃的东西全部拿出来,吃饭的时候总是劝我多吃点,说我太瘦了,脸色也不好。

星期六一大早,带上昨晚上买好的面包出发了。外婆家住在黑庙村,在王家岭下车,再步行二十几分钟就到了。见到外婆自然是欣喜不已,几个月不见外婆,外婆老了许多,腰间盘突出越发厉害了,走路时腰快要和地面平行了,好在脸色红润。见到我,外婆拉着我的手,直掉眼泪,说我又瘦了,要多吃点饭,身体是本钱,千万不要有啥差池(差错)。"你爸爸走了,他那么好的人,一定走到好处去了,你们一家人好好的,你爸爸也就不操心了。"听着外婆的话,我也是泪眼婆娑。外婆在灶台上忙碌,我烧火,我们婆孙俩就这样有一搭没一搭地说话。在闲聊中了解到外婆现在在卖豆芽,一般十天左右卖一次,一次也就赚个几毛钱。也是,外爷(姥爷)年纪大了不挣钱,舅舅身体不太好,舅妈又是那种忤逆之人,父亲在世时,每个月从他微薄的工资里挤出几块钱接济外婆,可如今……外婆也是没有办法的办法呀!多半天的时间很快过去了,下午3点,我要回学校了,外婆送我到村头,一番互相叮嘱后,我依依不舍地离开了外婆。走了好久,一回头外婆还站在原地,风吹起了外婆的白发,我挥挥手,让外婆回去,我依稀听见:"多吃点饭,抽空回来。"

前趟车刚走,车站只有我一个人。当我打开包包取零钱时,发现包里有个塑料裹着的东西,肯定是外婆又给我装的好吃的,用手捏捏,硬硬的,不是吃的!我连忙打开那裹了一层又一层的塑料纸,是钱!没错,是一包花花绿绿、形状各异的钱!最大的票面是两元,最小的是一分硬币,在泪眼中我数了数一共六元六角,我再也控制不住了,所有的情绪在那一刻爆发了,我失声痛哭起来。外婆已经八十多岁了,这六块六毛钱也许就是她的全部家当!外婆不知走了多少村串了多少户卖了多少豆芽才积攒下这六块六毛钱?在夏日当头中叫卖,在雪花飞舞里叫卖,在晴如刀的扬尘路上叫卖,在雨如胶的泥泞路上叫卖……

"姑娘,你遇到啥事了?"我抬起头,一个和蔼的大妈亲切地问我,车站已经好多人了,他们都看着我,我连忙擦干泪水尴尬地说:"没事,没事。"正巧车也来了,大家连忙上车。

回到学校,宿舍里外县同学都已回来了。我将那沉甸甸的东西锁在棕箱里。每当我嘴馋想买一角钱的瓜子时,把棕箱里的东西掂一掂,外婆卖豆芽的身影就浮现在眼前,我为自己的想法感到羞愧!每当我看到同学穿上漂亮的新衣服羡慕时,我会把棕箱打开看看那包东西,我会嫌弃自己居然有这种好慕虚荣的想法。每当我看到舍友们家人来看望时,我打开箱子看看那个包裹,一股力量从心底升起,要坚强!坚强!

熬过了1985年,1986年7月份哥哥从省粮校毕业工作了。家里条件好一些了,每月4号哥哥领了工资,晚上定会到汉中师范给我10块钱。手头宽松了,但我丝毫不敢乱用一分钱,三年汉中师范,没有吃过一次肉,买过一次肉,那是给到学校来看我的母亲买的。

1987年7月我从汉中师范学校毕业,走上工作岗位。第一个月领了65块钱工资,给奶奶和外婆各10块钱,给母亲了20块钱。以后每次看望外婆我都会给她钱,给她买东西,包括她的寿衣。外婆笑着说:她这一辈子,做的最赚钱的买卖是给了我六块六毛钱,连本带利,不知道翻了多少番!

转眼间外婆去世二十多年了,苦日子也渐行渐远了,我从刚结婚住的十平方米,分别搬到三十平方米、七十平方米、九十平方米、一百四十平方米的房,从平房到筒子楼到多层到高层,家搬了一次又一次,家具换了一批又一批,但那个裹着塑料纸的沉甸甸的东西,一直伴随着我,那个"六块六毛钱"给我带来了无穷的前行力量,它伴随着我到永远……

## 糖的滋味

"黑娃把冰糖丢进嘴里,呆呆地站住连动也不敢动了,那是怎样美妙的一种感觉啊!无可比拟的甜滋滋的味道使他浑身颤抖起来,竟然哇地一声哭了。鹿兆鹏吓得扭住黑娃的腮帮子,担心冰糖可能卡住了喉咙。黑娃悲哀地扭开脸,忽然跳起来说:'我将来挣下钱,先买狗日的一口袋冰糖。'"重读《白鹿原》黑娃第一次吃冰糖的这一段,忍不住拍案叫绝!不愧是大家的手笔,人物形象跃然纸上。在感叹陈忠实先生的神来之笔时,那隐藏已久的关于糖的一些往事慢慢浮现在眼前。

小时候,糖是何其珍贵!回想起它的滋味,无异于童年荒原上的点点绿洲。最早对糖的记忆是,小孩有了病要吃药,不管是一勺子的西药面(把五颜六色的药片碾碎搅拌在一起),还是半碗中药,孩子都望而生畏,哭闹着不肯喝,大人总会把糖罐子放在一边,引诱着、威逼着,喝了药,就有糖吃,不喝的话……僵持到最后,家长最终胜利,小孩也破涕为笑,毕竟尝到了平日里吃不到的甜品。我幼时体质差,动辄不消化,母亲总会用筷子蘸一点儿蜂蜜在手掌上给我提肚子(按摩腹部),蜂蜜那醉人的香甜味儿,让人忍不住大口呼吸。一会儿工夫,母亲手上就会有一层厚厚的白腻腻的东西，据说是把食积提了出来。说来也怪，如此这般操作一番，第二天我准会活蹦乱跳想吃东西。

　　大爸在市糖业烟酒公司上班。有一次回老家，他给我们大伙儿一人发了一颗水果糖。我兴奋地打量着手中的宝物：它穿着漂亮的红衣服，有头有尾，摸一摸硬硬的，嗅一嗅甜丝丝的。我小心翼翼地把糖纸拆开，纸放在包里，糖进嘴的那一刻，周身像通了电一样，麻麻的，甜甜的，感觉就像把整个果园吞进了嘴里，满口生香，幸福无比。这种妙不可言的感觉持续了几秒钟，在我张嘴说话时，不妙的事情发生了——整个糖块咽进肚子里了。我一怔，赶紧跑到屋里，用手掏，使劲咳嗽，试图把糖块弄出来，结果是肉包子打狗——一去不复还。看到小伙伴细细地品咂那珍贵文物，从左腮帮转移到右腮帮，我又羡慕又难过，为此我懊恼、后悔了很久。

　　爷爷是个手艺人，手艺过硬，讲诚信，活多，收入不错，奶奶是个精明能干的女当家，把日子过得妥帖，富足。比如糖罐子里的糖从来就没缺过，有客人来，她一定会冲上一碗糖开水，或者打上四五个荷包蛋，舀上几勺白糖，放一勺猪油，一个有质有量有体面的喝地（正餐前的吃食）就呈现在客人面前，宾主皆欢。逢年过节，或者爷爷过生日时收到的白糖多，糖罐子装不下，只好将黑纸包着的白糖锁在柜子里。时间一长，会融化的。奶奶心情好的时候，就会把粘着糖的湿淋淋的黑纸，给我们这些好吃的孙子辈，每人分一块。我们用手指蘸着上面的白糖颗粒吃，如果正巧有火烧馍，蘸一点，馍的麦香与白糖的醇香演绎出世间第一美味，真是享受无比呀！

　　白糖不仅美味，还有药效功能。邻居英子一觉醒来，嘴斜眼歪，皮泡眼肿。老中医开了药方，引子是白糖，三十副中药，五斤白糖。别说五斤白糖，就是一斤白糖也不好弄，怎么办？一家人急得像热锅上的蚂蚁团团转。幸好驻队干部是西安人，他探亲时托人买了五斤白糖，解了燃眉之急。英子吃了那药，病很快痊愈，且至今再没有犯过。英子一家人现在还常说起当年那个工作队的救命之恩和白糖的神奇。

我独自拥有很多糖果是上小学四年级的事。那是个星期天，我帮奶奶到文川镇买酱油、醋，返回时在西集的一个商店里，偶遇了当售货员的表姐。她给我装了两衣兜水果糖，满满的两衣兜呀！幸福来得太突然，我都不相信这是真的，以至于我走一会儿摸摸，嗅一个舔舔，没错，确定是水果糖，有了水果糖的相伴，回家的路好像近了好多，太阳也没有那么毒。回到家里，我神气活现地把糖全部掏出来，放在桌子上，眉飞色舞地讲我的奇遇。那个晚上的月亮真圆啊，清风徐来，我们一家人坐在院子里吃着糖，聊着天，充满了幸福、甜蜜。

最有趣的是换叮叮糖。每当听到"叮叮当，叮叮当……"我们就会把提前准备好的猪毛、猪骨头、牙膏皮……拿出去换来或多或少地叮叮糖，这种糖软软的、绵绵的。

斗转星移，沧海桑田，今非昔比。如今当人们谈糖色变，视糖为洪水猛兽时，但我记忆的深处仍倔强地留着糖的滋味、糖的美好，浓浓的，总也化不开，忘不掉。

（写于2000年初春）

# 童年里的青与白

据说人的味蕾和嗅觉是有记忆的,小时候喜欢吃的东西会形成你的饮食习惯。所谓故乡的滋味,其实就是对某一食品的回味。千里迢迢回到家乡,吃到你心心念念、魂牵梦绕的美食,带着幸福、带着满足:就是这味道!我深信这种说法。世上的水果千千味,世上的花儿万万种,我唯独喜欢那青的果子,那白的花。"青"指的是李子,"白"指的是栀子花。这一青一白承载了我童年多少乐趣啊!

先说李子。我们家老宅子是一排坐北朝南的六间土坯房,院场边有一条自北朝南常年流水的小溪,这棵李子树就长在院场边小溪旁,三个碗口粗的枝丫交错着,匍匐着,形成一把绿色的大伞。炎炎夏日里,大人在树下乘凉、小孩在树下追逐嬉闹;雷声阵阵,大雨倾盆,人们又在它的怀抱里避风挡雨。当迎春花在枝头绽放时,李子树也不甘示弱,满树的白花引来了嗡嗡的蜜蜂。花谢了,露出指头大的果子,遇上村子里放露天电影,我们家的李子树得专门有人看护,稍不注意,一群调皮捣蛋的孩子摘了李子酸瞌睡。

进入农历五月份,李子青中泛黄,基本能吃了,看护的任务更重了，奶奶盯着，一点儿都不敢疏忽。又是一年李子成熟的时候，奶奶要去看小姑，让我看李子，这是一个既荣耀又实惠的任务。奶奶前脚走，我后脚就上了树，摘一颗向阳的，甜！再摘一颗透风的，脆！吃了多少颗不知道，只觉得肚子饱了，牙齿酸倒了。吃力了，困了，干脆就睡在树上枝丫交集的地方。阳光透过树叶，在我的身上、脸上投下斑驳的光影，温暖而惬意。梦里有白云在头顶上飘过，有小鸟给我唱歌，有小蚂蚁给我按摩……"嗵"的一声，把我从梦中惊醒，原来我躺在了树下的一个大石板上，多亏石板上铺了一层厚厚的牛草，我才没有大碍。只是走起路来一瘸一拐，大人问起，我说夜里起床不小心碰到桌子腿上了。

一场暴雨后，李子像成熟了，由青变黄，上面涂了一层白白的粉，发泡后的李子体积比之前大了很多，我们家是铜李子，比麦李子要大一些。"卸李子啰！""卸李子啰！"这是一大家人最开心的事了，小孩上树摘，大人们搭上梯子、高凳子摘，奶奶、母亲、二妈在树下捡。一会儿工夫，四个大箩筐，一个大阜篮（方言，竹子编得大又深的篮子），五六个簸箕都装得满登登的。东家送一升（比斗小的容器），西家送一升，姑姑家送一袋，舅舅家送一袋……那几天但凡来串门的，李子不限量任意吃。

栀子花树长在院子的西北角，紧挨着大爷家的后墙，有两人多高，胳膊粗的两个树干交叉形成一个大大的树冠。它是哪年栽的，谁栽的？不知道，但我坚信应该是小姑栽的，小姑的肌肤像栀子花一样细腻、白净，小姑的身上有栀子花一样淡淡的清香。小时候我最喜欢趴在奶奶家厨房的窗台上，透过花格窗子，看蝴蝶在重瓣、洁白、馥郁的栀子花上翩跹起舞，院子边的李子树似乎是栀子花树的卫士，院场外翻滚的麦浪似乎是栀子花树的好朋友，它们守望相助，一同走向成熟。枇杷黄了，麦子黄了，栀子花盛开了。清晨推开门，一树洁白，满院清香。铁佛中学的女学生上下学都会过来摘上几朵，或轻嗅，或斜插于鬓发间，好不欢喜！也有小伙子偷偷摘了栀子花送给心上人，羞涩但坚定地表达：栀子花瓣瓣白，你不想我你想谁？那段时间，家里来人特别多，有房前屋后的邻居，有村东村西的乡亲，也有附近村里割牛草的要水喝，不管以什么理由来，走的时候都会人手一大把栀子花。听说栀子花可以搅上面蒸着吃，但我们家从来没有做过，仅仅欣赏，只是喜欢。

这一青一白随着爷爷的一场病永远活在我们的记忆里。爷爷得了重病，梦见有人给他说这李子树和栀子树的根扎在爷爷的身上，做梦的第三天，这两棵树都被砍了。半年后，爷爷永远离开了我们。

# 无言地诉说

某个人，某句话，某些场景，某首歌，猝不及防总能轻易撕扯着你的情绪，引起你内心的轩然大波。

正如我在成都的那次学习。开课之前，通常会对学校作一些宣传，我被大屏幕上一个女孩的演讲吸引住了："大家好，我是高三某班的某某……"她大致讲的是地震那年，奶奶去世了，一晃十几年过去了，她感觉奶奶好像没有走远，经历了生离死别后，她告诉同学们："珍惜爱你的人和你爱的人，因为明天和意外不知哪一个先到。"听到这里我潸然泪下，打动我的不光是悲情的故事、真挚的情感，还有小女孩能把心中的情感表达出来的那一份勇气。

明天和意外不知道哪个先到，像一把尖刀深深地扎在我的心里，汩汩的血溅在我满满的记忆里。

1985年的春天，父亲和他的同事来学校看我。那天天气晴朗，中午12点，看见父亲，我有点意外，有点激动，我与父亲之间是有距离的。

父亲是个不苟言笑、非常严肃的人，对我们三个子女，尤其对我管教甚严。别家的孩子晚上可以跑到四五公里外的地方去看露天电影,我却连隔着一个梁的李家营、光华村的电影都看不成。有一次我串通好奶奶,说晚上住在她那里,我们几个小伙伴偷偷去李家营看了一场电影,当我莺歌小唱推开奶奶留好的门时,发现父亲铁青着脸,我心里咯噔一下,魂飞魄散。"跪下!"那夜的暴风雨可真大呀!

别人家的孩子,端着碗串东家走西家,我吃饭的时候别说串门了,条条框框多得很:不能吧唧嘴,不能在盘子里乱翻,挑肥拣瘦,不能说话,曰:"食不言,寝不语。"我是一个爱说话又不善表达,性格外向又好安静,心地善良又嘴硬的人,因为倔强,常常遭到父亲的呵斥和责骂,我自然与父亲情感上就疏远了些。

不承想父亲在毫无征兆的前提下,来看我了。他说在教学楼走廊上看见我写的作文了,显得高兴,临走时给了我15块钱。

满以为这样的幸福日子会到永远。放暑假了,我在外婆家玩儿,母亲托人带口信说,父亲住院了。怎么会呢?前两天还好好的。父亲的病情在加重,已经转入中心医院,下了病危通知书。晴天霹雳,白发苍苍的奶奶号啕大哭,哥哥还在西安,我和弟弟终日以泪洗面,我们在心里默默祈祷父亲赶快好起来。

又一个傍晚,知了在树上聒噪得很。我和弟弟一天都没有吃东西,我准备做晚饭。在我低头向灶膛里添柴火的时候,恍惚看见父亲从外面进来了,当我定睛再看时,门框里除了残阳透出的上上下下飞舞的浮尘,什么也没有。我顿时头发竖了起来,浑身起了鸡皮疙瘩,非常害怕,一步跳到了院子中。我顿时泪如雨下,我知道父亲不行了,我哭着跟奶奶说,爸爸快走了,不承想奶奶骂我说:"你这个畜生,你在咒你老子哩。"骂完后,奶奶也放声哭了起来。

晚上八点多，母亲带口信说让我们兄妹三到汉中去见父亲最后一面。二十多天没有见到父亲，病榻上的父亲，脸色蜡黄，形容枯槁，气若游丝。我禁不住哭了起来。父亲忍着病痛安排后事，特意对我说：姊妹三个数你脾气大，脾气大对身体不好，自己就是个例子。那一刻我感到了父亲对儿女的深沉的爱与牵挂。只可惜当时只顾伤心流泪，一句话也没有对父亲说。当天夜里——1985年8月5日，父亲到了另一个世界。

岁月更迭，转眼间父亲离开我们近40年。父亲的音容笑貌也渐行渐远了，不曾想到异乡，在一个素不相识的孩子的演讲中，引起了我内心的轩然大波，勾起了我对父亲的追忆。要知道这是我心田里最软、最痛的地方，从来不想触碰，也从来不敢直面。有人说，突然地想起，其实是心里一直都在。

随着年龄的增长，阅历的丰富，我渐渐理解了父亲。父亲是文化人，他知道读书对一个人，甚至一个家族兴盛的重要性。当年那些可以随便去四岭八乡看露天电影的，那些端着碗可以随便串门的，我曾十分羡慕的小伙伴们，几乎都没有把学上出来，现在基本都在打工、务农。

我曾经发过无数次的誓，将来我有孩子了，绝对不会打骂，要循循善诱，要动之以情晓之以理，要润物细无声，要静等花开……后来呢，哎！一声长叹：理想很美好，现实很糟心。对一个懵懵懂懂、倔强、任性的孩子，如果对他听之任之，不立规矩，讲边界，强行引导，只能害了孩子。当他成人之后，多少句：你当年怎么不严格管我？有什么用？人生没有回头路啊！

我常想父亲是孤独的。当他教育子女时，奶奶和母亲百般阻挠。那一次看着邵老师在弯弯曲曲的乡间小道上骑着自行车，我和哥哥随着小伙伴们一起喊:"邵永安骑上车车牛转弯!邵永安骑上车车牛转弯!"邵永安是铁佛中学的老师,爸爸的同事。当时只觉得好玩,我们浑然不觉已闯下天祸。晚上父亲把我们从被窝里拎出来,先跪在地上,一大把花柴杆(棉花杆)劈头盖脸地抽过来,父亲气急了,打得很猛。母亲不敢拦,赶快搬救兵,奶奶气喘吁吁地赶过来,挡在前面,又哭又闹,要打就先打死老娘。其实打孩子,最痛的是家长,邻居们也觉得父亲对子女的要求有点过了。当我知道唐山大地震死了许多人时,我对母亲说:"爸爸要是在唐山工作就好了。"母亲诧异地看着我,一个不满十岁的孩子,居然说出这样恶毒的话,母亲把这话原封不动地学给父亲。我等待着一场更大的暴风雨,但没有,我从父亲的眼睛里看到的是失望、痛苦。

父亲在临终前,我想他应该想听听女儿对他的良苦用心的理解。可我竟然连一个字也没有说出口……

大屏上的演讲继续进行着,我在想,如果让我上台去演讲,我一定会讲我与父亲间的故事,以及我对家庭教育的理解和体悟。结尾一定是这样的:爸爸,亲爱的爸爸,请原谅女儿的幼稚与任性,感恩您对我们的精心教育和栽培。您的善良、自律,对知识的尊重和追求,对子女的严格要求,是您给我们老殷家留下的最珍贵的精神财富。

一阵风吹过来,它会把这无言的诉说带给另一个世界的您吗?

## 一双护膝的温情
——谨以此文献给我敬爱的陈静林老师

手里这双护膝很寻常，比巴掌大一点，淡黄色的面子是松紧的，里子是纯羊毛的，上下画了五道口子，中间挖掉了，想必是便于膝盖伸缩吧。这双其貌不扬的护膝伴着我工作换了一程又一程，随着我居所搬了一次又一次。近几年我试着践行断舍离，三五年不用的东西基本都淘汰了，特别欣赏那些断舍离达人，屋里空无一物的感觉真好！可眼前这双陈旧破烂的护膝，我却一直舍不得扔。它满载着同事缘，朋友情，姐妹爱。

那是1987年7月，我中师毕业后分配到铺镇狮子营小学任教。当时交通极不发达，我的坐骑就是一辆梅花牌的24轻便自行车，越过九岭十八坡到武乡镇，从武乡镇到汉中9公里，十八里铺，既是地名，也指的是汉中到铺镇的距离。狮子营就在铺镇的南边，大约有两公里的路程，这一程路骑车得四个小时。这对自小就有关节炎的我来说，简直是雪上加霜，遇到季节交替或是天气变化，膝盖疼得我彻夜难眠，用热毛巾捂，用双手搓，用土豆片敷，吃药打针都无济于事。

在一个大雪纷飞的早上，陈老师笑微微地把我叫住："小殷，你的关节炎再犯，我让蝈蝈她爸给你寄了一双护膝，兴许对你有用。"什么？我没有听错吧！陈静林老师人如其名，文静、美丽、端庄、高雅，浑身散发着浓浓的书卷味。课上得好，字写得漂亮！她对我是神一般的存在，我何德何能？一个刚入职的小姑娘，她送我这么珍贵的礼物……"怎么？嫌弃吗？"我忙回过神，双手接过护膝，眼眶一热："哪里的话？谢谢您，陈老师。"

自从有了这双护膝，我骑车再也不怕寒风刺骨了，那漫长的回家路似乎也不再遥远。我白天带，夜里带，一年四季几乎都带着。因为这双护膝，我与陈老师交流多了，她的先生是一名军官，在甘肃兰州服役。他俩青梅竹马，自由恋爱，郎才女貌，是周围人羡慕的一对神仙眷侣。

走近陈老师，我才发现她有一颗细腻、多情、善良的心。长夜漫漫，我和陈老师住在一起，听她讲他们的恋爱故事，每晚她都会看何大哥的信，看着看着，她就会泪流满面，难以自己。十年的两地分居，靠的就是一周两次的鸿雁传书。听着《十五的月亮》她也会潸然泪下，冲进宿舍，过好久眼睛红红地才出来。

说到她的善良，让人对她更是敬重有加。何大哥家兄弟姊妹多，家里经济比较困难，他又是老大，他们夫妻俩就像父母亲一样关心呵护着几个弟弟妹妹，哪个该上学了，哪个该成家了，他们都一一记在心上，体现到行动上。其中一个弟弟考到西安交通大学，每个月的生活费都是陈老师寄的，娘家生活好一些，父亲和姐姐教书，她付出的自然少多了。

与陈老师的相处很短暂，工作第二年陈老师调到了铺镇二里小学。知道她调走，我的心都碎了，往日欢乐的场景不再。再也不能和她睡在一个被窝里，听她讲浪漫的爱情故事，讲如何待人接物，讲如何教书育人……她调走后，曾请我到二里小学和她婆家去吃过几次饭，我也去看过她几回。1989年我调到金华莫家庙小学，她也随军到了兰州。自此以后我们多年未见，但她送我的护膝一直像小太阳一样温暖着我、呵护着我。说来也怪，我的关节炎犯的次数越来越少了，30岁以后居然彻底好了。

  一双护膝，一段友谊，一生情缘，它带着温情，化解了世间所有的苍凉！

## 相逢是首歌

初夏的微风带来了石榴花的火红,带来了田野麦浪滚滚的律动,也带来了远方游子的回归。陈静林老师从兰州回来了。她给我发信息:想把曾经在狮子营小学共过事的老姊妹约在一起聚一下,意下如何?我不假思索,满口答应。

从答应聚会的那一刻起,心里总也绕不开我工作的第一站——狮子营小学。离开狮子营小学已30多年,虽说后来因为工作的关系,也去过几次,但物是人非,全然找不到当年的感觉。手里抚摸着这双发黄破旧的护膝,往事一幕幕浮现在眼前:那个通往铺镇的小路上,曲曲折折,坑坑洼洼,一个刚刚参加工作的瘦弱姑娘,骑着自行车,在风雨中慢行。

在李华珍老师家吃过红烧肉;在贺桂萍老师家吃过用石窝砸得粗粗的花生稀饭;在袁秀琴老师家吃过鸡蛋面;朱桂珍老师就住在我的隔壁,在她家吃饭是常有的事;黄丽华老师教我打扑克牌,跟她学唱歌。栀子花开的时节,我们几个住校的姐妹到苗圃去赏花;寒夜里和静林姐姐钻在一个被窝里,听她讲自己浪漫又动人的爱情故事。那个大雪纷飞的早上,她把一双温暖的护膝放在我手里……

窗外下起了细细的小雨,雨滴敲打着芭蕉叶,也敲打着我的心扉。风儿吹动着窗帘,夜已深,我却睡意全无,于是拿起笔写下了《一双护膝的温情》,我要在聚会的那一天,当面给她朗读,但我又怕哽咽读不下去,我要给她赠送礼物,我被自己想象的画面感动得热泪盈眶!多么期盼着姐妹们的聚会。

小满前的花果山,是名副其实的花果山。粉红的端午花开得热烈又灿烂,黄黄的杏子高高挂在枝头,道路两边随处可见卖杏儿的地摊,买杏儿的人也不少。我们聚会的地点就选在杏花树农家乐。

十个曾经在狮子营共事的姐妹终于聚在一起了。拥抱,握手,说不完的话,道不完的情。年龄最大的81岁,听着她们亲切地叫我"小殷"时,我似乎又回到了那个纯真、美好的年代。当我播放吴红老师朗读的《一双护膝的温情》时,陈老师的眼里泛着泪花,在座的每一位姐姐都被深深地感动着!是呀,时间静静流淌,可以带走我们年轻的容颜,可以带走生活的一地鸡毛,但同事缘、姐妹情永远铭记于心。

一双护膝的故事,打开了姐姐们记忆的闸门,她们深情地回忆着过往,讲到高兴处,大家哈哈大笑;讲到熟悉的人已不在时,黯然神伤。朱老师和远在广州的袁秀琴老师视频,隔着屏幕,我依然能感到袁老师的精气神,她可是八十多岁的耄耋老人!年轻时泼辣能干。有一次,狮子营几个毛贼撬了黄姐姐宿舍的门,袁老师从学校外的路南骂到路北:你们这些没有良心的东西,来个好老师,你们就提门扭锁,这些好老师走了,看倒霉的是谁?我老袁把话搁这,我知道了是谁干的,我非要当着你父母的面打断你的狗腿……不知是谁放了一曲《相逢是首歌》,我们不约而同地唱起来,感觉这首歌就是为我们相聚而写的。

　　走,我们去照相,在伸手可摘的杏园里拍照。集体照、个人照,你和我,我和她,摆各种姿势照。大家迫不及待地在群里看照片,你的表情好,她笑得甜,没有年龄界限,只有姐妹情深!

　　夕阳西下,我们握手话别,保重,常联系!美好因为遇见,遇见皆因缘分,缘分让我们一生牵挂,深深地祝福姐姐们身体健康,一切顺意!

## 在慢时光里体味亲情

"沙岸菊开花,霜枝果垂实。"农历九月初九,又是一年重阳时,朋友圈里早已刷屏。时逢周日,有的约三五好友登高插茱萸,有的带上老小走亲访友,有的晒美食,有的提醒重阳过后的养生。我把好友送到花果山农家乐后,独自开车回老家,想和母亲待一会儿。

院子里晒满了豆荚,小白狗先冲我叫了两声,算是打过招呼,前一段时间它陆续咬死了五只小鸡,在小豆堆里撒尿,挨了几顿打,大人小孩一见它就吼一声"滚"!它远远地窥视着我,偶尔对视,也很快将眼光移开,毛色也由纯白变成了奶油色。鸡笼的鸡仔们,毫无反应地吃着食,喝着水,打着盹,大门挂着锁。原来母亲到城固鲁家庄卖橘子去了,哥哥早已回来去接她了,电话那头母亲叮嘱我千万别走,他们马上就回来了。闲着没事,我想何不剥点豆子,一来打发时间,二来想体验那劳动的乐趣。多么熟悉的动作,拿一株豆秧,从最下一枝开始,瘪得忽略,饱满的剥开,取出黄白色的肉肉的豆子。淡淡的豆香味,毛茸茸的豆荚,黄色的豆叶,我忽然想起,三十四年前的这个季节,我还在外求学。周末,沈荣莲帮我们收豆子,她背着满满一背篓豆秧，身后撒下一串串银铃般的笑声。转眼间，那个胖胖的女子变成优雅的奶奶了。小狗哼了两声，母亲、哥哥回来了。一阵嘘寒问暖后，哥哥提议到自家橘园去看一看。此时的田野是寂静的，黄花地里的杂草在秋风里结籽，油菜苗才被移栽来，怯生生地紧贴在地面上，麦田里的小麦刚刚发芽，不仔细看是看不见的。晚熟的玉米还穿着绿衣服，等待着主人收那总也长不大的穗子。"看，朱鹮！"哥哥指着不远处，果然有五六只朱鹮，在田间觅食，见有人靠近，"嘎"声起飞，粉色的翅膀，在苍茫的天际下飞翔，舒展，优美！瞬间已站在对面的杨树上，花喜鹊、白鹤、麻雀此飞彼停。坡地里，又是另一番风光。远远看去漫坡遍野都是青黄相间的油画，色彩浓烈、饱满。你挤我挨的橘子，在弯弯的枝头高调地炫耀自己的成熟！说笑声，剪橘声，机动车的喇叭声，构成了一幅美丽的丰收图。

母亲选了一树最甜的橘子，"嚓嚓嚓"三几下就装了满满的一袋子，又剪了几串准备让我们放在车里。母亲知道哥哥腰疼，不能提重，抢着要提橘子，哥哥觉得母亲已是近八十岁的人了，坚决不让。最后母亲说那咱们一边扯一个口袋绳子，抬着走，哥哥却独自提着橘子先走了，母亲紧跟在后面，"你腰不好，我来。"哥哥不理，只顾着走。前一段时间天老下雨，路滑不好走，走到渠坎边，哥哥放下橘子休息，母亲抓起口袋就跑，"妈，你放下，给我。"哥哥在后面追，快到村子了，母亲才放下橘子，母亲喘着气："今天咋这么热，里边衣裳都弄湿了。""叫你别提，衣服弄湿了，感冒了才合不来。"哥哥半是心疼半是责怪。恍惚间回到了小时候，夕阳里，我们一家人手拿肩扛，在牧童的短笛声里晚归。

欢聚的时光总是这样短暂，已是下午三点多，我们还各自有事。母亲把我们送到路口，我从后视镜里看到母亲一直目送着她的一双儿女。

车行至汉王街岔道口，准备和哥哥分别，他回汉中，我到花果山，哥哥却向武乡方向走，我心中一热，哥哥是要陪我呢，车行至武乡，哥哥在西河桥路口稍等，我以为他要向南走，见我跟上了，继续向西走，哥哥陪我走了一程又一程。不经意间哥哥关心我，疼爱我的场景一幕幕在眼前回放：中考时哥哥骑着自行车，九岭十八坡，送我到武乡考试，每一场考试哥哥都把我送到考场，结束后，他又把我从考场接走，西河桥边，哥哥鼓励我，让我认真仔细，从容淡定，相信自己；中师三年级，哥哥早上发工资，晚上一定会出现在汉中师范校园里给我送钱，至于水果、茶叶等不光我，连宿舍里的姐妹也常常享用。就业、成家、养子……每一个人生的十字路口都有哥哥的呵护和帮助！到了宗营路口，哥哥从车窗里伸手示意我走，再见！是呀，妹妹永远走不出哥哥的视线！哥哥永远是妹妹心中的一座灯塔。

车窗外水杉树叶已变成深黄，气温骤降，细细的叶子在风雨中飞舞，但我心里却有一抹春阳在蔓延、升腾。

（写于 2019 年 10 月）

# 小院时光

家属楼的南边有一排平房，平房一共有13间，有的做了杂物间，有的做了小厨房。长期在此做饭的有六七家人。平房与楼间的空地形成了一个180平方米左右的院子，这个其貌不扬的小院子，曾经承载着我们多少欢乐时光啊！

## 过家家

院子里做饭按白案红案来分的话，雷哥应该是白案的顶流，如果雷哥排第二，没人敢称第一。雷哥是关中人，爱吃面食，很有"三天不吃面，两腿打转转"的感觉。他做面食，尤其是擀面那叫一个绝！擀的面片像一张透亮的圆圆的大白纸，薄厚匀称。刀功了得，一大案面，折叠成四五层的长条，刀过之后依然平整如初，逐一揭起切好的面条，在空中一抖，在案子上一摔，一把弹性十足的面条在手中飞舞。像歌谣里唱得那样：谁家的巧巧会擀面？擀的面像蒲扇，切的面一根线，下在锅里扑愣愣转，舀在碗里翻毛蛋，吃在嘴里哧溜溜咽。

红案的主角当属静静。不管是何种肉类，在她的手里，就像变戏法似的，刀起刀落间，爆炒油炸里，麻麻酥酥，一会儿的工夫,辣子鸡、酱猪蹄子、回锅肉……都大功告成。她的酱猪蹄子最有特色,酱香十足,香而不腻,红润滑溜,入口即化。她是个豪爽的人,每次做了"硬菜",都热情地招呼大家品尝,院子里的男士们准会欣然前往。

哪天谁要提议在一起吃饭过家家,这个提议马上得到高票通过,你一言我一语,将这个活动的具体事宜定了下来。每周至少一次,每家做两个菜,一荤一素,也可以穿插一家做饭,全员分享。

到过家家的这一天,家家户户都分外重视,提前列了菜单,早早上街购买,菜品虽不多,但这也是展示自家厨艺的一个窗口,再说邻居们平日里相处得像兄弟姐妹一样,家里大事小情,大伙都齐心协力帮助,正好利用这个机会表达一下心意。院子里像办喜事一样,大人小孩脸上都洋溢着喜悦之情。女士们出出进进做菜,我最拿手的是做锅巴米饭,平底锅、蜂窝煤炉子这两个秘密武器是制胜的法宝。筶米后先用武火,待冒大气后改为文火,大约一个小时后,一锅香喷喷的米饭做成了,米饭软糯,锅巴有两寸多厚,黄黄的,脆脆的,夹上豆豉腊肉,确是一道美食。男士们聚在一起喝茶、聊天、打扑克牌,小孩儿们在院子里追逐嬉闹。

当太阳的余晖洒在小院里,三桌子丰盛的晚餐摆在院子当中(大多家里做了好几个菜)。任老哥把女婿孝敬他的整条香烟拿了出来,"解放军"(曾在部队干过)拿了两瓶茅台酒,给大伙斟上,谁提议不重要,这里没有阶层,没有江湖,只有兄弟姐妹,都是一家人。"喝!""干杯!"边吃边聊,哪个菜好吃,哪个菜有点咸,哪个菜刀工好……

酒过三巡，菜过五味，平时不便说的话都抖搂出来，谁谁的初恋女友现在在哪儿，谁谁和谁谁好像有过一段爱恨情仇……说着说着就互相编排起花边新闻来，借着酒劲，大家都放开想象的翅膀编故事，突然雷哥做暂停手势，压低嗓门用关中话说："小声点！"嘴巴一努，怕被夫人们听见。大伙一哄：哈哈哈，看来雷哥心里有鬼。雷哥很是配合，即兴来一曲《往事只能回味》，"时光已逝永不回，往事只能回味，忆童年时青梅竹马……"先是独唱，最后变成大合唱，歌声、笑声在院子里久久回荡。

十四年里在这个院子里有过多少次过家家，谁也记不清楚。记得的是田姐做的腊八粥特别好吃，每年她早早地备了料，两个大钢精锅，装得满满的，我负责搅锅，一不留神就糊了，二十多个人，一起过腊八；雷哥擀的面大伙一起分享过；小胡做的烧鱼块每次都一抢而光；老陈做的米粉肉、红烧肉使人欲罢不能；小毕蒸的面皮、点的菜豆腐让人垂涎欲滴；小李炖的鸡汤堪比大厨师；段师傅的卤汁汤香气时常在院子中飘散，刺激着你的味蕾；李美人做的根面饺、米糕馍回味无穷；朱老师做的牛肉面直逼哈师傅……记得的是李高级钓鱼，院子里家家都有鱼吃，李高级种菜，院子里户户都不缺菜……记得的是我出差十天，院子里轮流请家人吃饭，我下班晚了，准会有热气腾腾的饭菜送上门来……

## 办年货

二〇〇〇年左右，在汉中有小轿车的家庭寥若星辰。"解放军"的一台老式吉普车是小院里唯一的宝贝。这台吉普车是我们与方圆二十公里以外的世界联络的主要交通工具。

一进冬月门，逢上周末，院子里的人早早聚在一起，商量着置办年货。东家要五只土公鸡,西家要后臀一个,李家要豆豉10斤……登记好以后,"解放军"带上三五个人,带着全院子人的托付出发。

  一路上欢声笑语自不必说。到得黄官镇,这个地处南郑区西南部的大镇被二十多个行政村的赶集人围了个水泄不通。我们穿梭在人挤人的集市里,搜寻着要买的东西。黄官的特色一定要买:黄官盐菜、黄官吹豆豉、黄官米糕馍、井水豆腐干、黄官黄酒……土公鸡、黑毛猪肉、猪板油、猪血、猪肚子等是必买的。买一批,往车上运一批。几个回合后,车后备箱早已装得满满的。买几个现烤的壳壳馍,站在街头,吹着山野里的清风,照着冬日的暖阳,边吃边欣赏着熙来攘去的人流,不禁感叹:多么好的盛世啊!

  最热闹的是下午分年货的场景。早有消息灵通人士知道购货车回来的时间,待吉普车刚刚停在院子里,桌子上早已摆好犒劳赶集人的美食。饭罢,海娃拿着购货单,按单将年货发放给张三李四,拿到年货的在评价猪肉的紧致、土鸡的正宗、豆腐干的瓷实……小孩们也帮着大人运送,那边已拿出盆子、食盐,准备腌腊肉,装香肠。

  在接下来的一个多月时间,根据办年货的需求,我们转场于新集镇、青树镇、牟家坝镇之间。

  新年的脚步越来越近,家家户户的阳台上挂着各种货物,一个幸福吉祥的年向我们阔步走来。

  小院的乐趣何止于此?智多星师傅与野猫斗智斗勇,活擒七只猫又放生的传奇故事仿佛就在昨天;栀子花盛开的夏夜,大家围在一起边聊天边举头看月亮,夜未央,凉意浓,披着雨披、围裙等,也不愿意上楼回家睡觉;谁的老家有急事,"解放军"总是第一时间发动车子,随时奔赴;不管是谁家的亲戚到最后都变成大家的亲戚,不管是谁家的朋友到最后都变成大家的朋友;老人们要过生日了,哪家要办喜事了,全院子人倾巢而出,我们是最强大的亲友团!

往事如烟,转眼之间,那些当年在院子里疯跑的小孩早已成家立业。七年前,我们搬离了小院,当时只道是寻常,再也回不去的小院时光!

# 套猫记

郭阿姨怎么也没有想到,当时从操场边的乱石堆里捡来的奄奄一息的小猫,竟然有如此顽强的生命力,短短两三年的时光,它从孤身一猫发展壮大到十几只,她的男朋友、亲戚、子子孙孙整日游荡在校园的各个角落。朱老师买的猪肘子,转身就不见了,估计是猫生了宝宝,坐月子需要补一下吧;李老师钓的鱼,池子上盖了筛子,外加石窝,第二天依然是"黄鹤一去不复返"。也是,猫哪有不吃腥的?

女儿下了晚自习,猫横在路上不说,还瞪着眼睛,呲着牙嘴里发出"哈哈"的叫声,满脸的挑衅;每天一大早灶台上准会印满梅花瓣;夜半时分凄惨的猫叫让人不寒而栗,碰巧有几只怀春的,那叫声此起彼伏,你就甭想睡个囫囵觉。快过年的时候,院子里添了几辆新车,这下可好,小猫在车上嬉戏,老猫在车盖上睡觉,不几天,车身已是伤痕累累了,那个心疼呀!是时候该治理猫了。可怎么治呢?当兵出身的大伟说找个猎枪,一枪一个,保准一个不留;关中雷哥红着脸喊着,拿个砖头,见了就撇,打不死它还吓不死它;年轻的海娃嚷嚷着:弄点毒药拌在饭里毒死它;性格内敛的老陈嘴一撇,你们说得可行性不强;一直没有说话的李师傅说他有办法，保证让院子里的猫一个都不留，不过要等时机。李师傅被称为智多星，遇事爱琢磨，大家都信服他。

　　机会终于来了，临近过年，郭阿姨要到北京大女儿那去，她前脚走李师傅就找来了蛇皮袋，袋沿用细绳子穿了一圈，一条长长的绳子将蛇皮袋连在一起。袋口用竹棒支起来，里面放了几条李老师钓的小鲫鱼，准备工作就绪。这天中午，他们几个在我家平房的厨房里打扑克牌，门紧闭着，我站在屋内的窗前当侦察兵。院子里静悄悄的，风裹着落叶发出沙沙声。好不容易过来了一只黄猫，兴许是看见院子里没有一人，它大摇大摆东瞅瞅西望望很是悠哉，突然发现了袋子，先是愣了一下，接着目不斜视继续往前走，走到院墙边又折回来，径直走了。它怎么会走呢？难道没有发现鱼？抑或是刚饱餐过？我百思不得其解，李师傅鼻子一哼：不理它，让它好好装吧！过了一小会儿，在我半信半疑中，那只猫果然回来了！只见它先凑近袋子嗅了嗅，张望了一圈，头伸进去，很快又出来，又张望了一圈，这回才将整个身子钻了进去。快，快收绳子，我这边以迅雷不及掩耳之势收绳子往前跑。成功了！猫被套住了！院子里的人奔走相告。

　　套猫的地点从我家门前移到了李师傅家、移到了解放军家、移到了雷哥家、移到了家属楼的西面，套猫的人换了一个又一个。整整一个寒假我们就这样在期待中，在收获中度过。共套了九只，两只送到了徐家坡，四只送到了三号桥，一只送到了城固县，一只放在了饮马池，一只咬破袋子跑了。

　　不知逃跑的那猫给同伴说了什么，反正从此我们院子里再也没有猫的踪迹。

（写于2013年5月29日）

# 有趣的聚会

许是天意，就该在那个夜晚有那么一场聚会。

外甥媳妇准备参加今年的陕西省教学能手大赛。陕西省教学能手是千千万万个三秦教师业务上的珠穆朗玛峰，巍巍然，使人望而却步又欲罢不能。过五关斩六将，才从学校走到区上，市上又要淘汰一批，等到省上，站在那样一个平台上，课件、说课、答辩、上课、服装、妆容、心理素质，每个环节都不敢有丝毫差错，太难了。看着日益消瘦的她，先生心疼地安慰道："加油啊！你没问题。等你拿到省能手，舅舅请你吃饭！"一向比较闷的他，竟然在春天许下了这个朴素的愿。

经历了夏练三伏，在硕果累累的秋天，外甥媳妇儿如愿获得了陕西省教学能手的称号。她舅舅在家里念叨了不下五回：说好的给人家贺一下哩，得瞅个功夫。也许是到了再也不能拖的点儿，12月中旬都过了，总不能今年的诺言明年再兑现吧。前面两次都是核心人员有事。那就周四吧，只可惜另外两个人有约，那就周五。周四凌晨看见好友说，他们的聚会因故取消了，原计划不变。

酒过三巡，菜过五味。人称李有才的哥抛出了这样一个问题：在儒、释、道、法中，你们偏重哪一个？见大家思索，他说："我在生活中偏向于道，顺其自然，不跟生活较劲，但是在工作中我偏向法，有规矩，有章法……"他对自己的定位很准，在政法部门供职，工作干得风生水起，曾在司法部交流过管理经验。那么自己在生活中偏重于哪一个呢？是佛系？对，佛系的成分多一些。凡事不执念，不强求，随遇而安。平安走过2020年，对于每个人来说真的是一种胜利。站在新年的门口未免有太多的感慨。"人生得意须尽欢，莫使金樽空对月。喝！"先生红着脸举着酒杯吼道，立马有人接应"古来圣贤皆寂寞，惟有饮者留其名。""将进酒，杯莫停！""主人何为言少钱，径须沽取对君酌！"丁校长喜欢李白的浪漫与想象"日照香炉生紫烟，遥看瀑布挂前川。飞流直下三千尺，疑是银河落九天。"马督督喜欢范仲淹的家国情怀"不以物喜，不以己悲，居庙堂之高则忧其民，处江湖之远则忧其君。是进亦忧，退亦忧。然则何时而乐耶？其必曰先天下之忧而忧，后天下之乐而乐。"李有才则喜欢苏东坡的无畏与超脱，他把失意的人生转化成诗意的人生；喜欢他把挫折揉碎了，化成美酒佳茗；化成赤壁的涛声承天寺的月光；化成香喷喷的东坡肉甘甜的荔枝；化成朋友间的嬉笑，化成对爱人彻骨的思念，"十年生死两茫茫"。年轻的王校长接着说，他喜欢苏东坡，是因为他拥有"最低的境遇和最高的境界。"生活虐我千万遍，我待生活如初恋。把失意变成"人间有味是清欢"的极简主义美学；变成"老夫聊发少年狂"的豪放；变成"人生如逆旅，我亦是行人"的洒脱；变成"门前流水尚能西"的自信，变成"也无风雨也无晴"的旷达；我喜欢陆游的"山重水复疑无路，柳暗花明又一村。"身处逆境总会给人以前进的力量……

果然美酒与诗词很般配,你一首我一首,你一句我一句,堪称诗词大会,没有主持人,也有序、热烈。先生善歌,我揶揄他给我们唱一首"可可托海的牧羊人",结果独唱变成了大合唱,变成了歌伴舞,李有才的舞蹈将宴会的气氛推向了高潮!

夜未央,朦胧的月亮隐藏在云雾里,借着酒劲我们在深情地道别,似乎要一别经年。

# 中秋话情缘

"又是一年中秋节,蛋糕店、超市中各种月饼琳琅满目,口味众多,可我只钟情蛋黄莲蓉月饼。这几年每每看到蛋黄莲蓉月饼,就会情不自禁想起一个人,一个和我同姓的姐姐。大概是2014年中秋节,和这位姐姐闲聊时,说没买到蛋黄月饼,准备过个不吃月饼的中秋节。姐姐当时真诚且急切地说她们家里有,随即回家把自家几盒还没拆封的月饼打开,给我寻找那个我中意的口味。这事虽然过去7年了,可当时的情景历历在目。这位漂亮、善良、能干的姐姐对人总是那么真诚,做事总是那么暖心,那么令人难忘。今年春天那次相聚,没有刻意的言语,可是在不经意间传递着温情和关心。有句话说:一个人最好的修养就是与人相处时让人觉得舒服。我觉得这位姐姐就是这样的一个人,也是我理想的做人境界!"

看着志东妹妹发给我的这一段饱含深情的话语,我禁不住眼眶一热,一股幸福、感动、略带一丝酸楚的滋味涌上心头。我想起了那个风一样的女子,那个高挑、优雅,一年四季爱穿裙子的妹妹。像眼前这个季节,秋风一定会吹起她的衣袂,长长的卷发随着轻盈的步履轻轻飞扬,梧桐树的金黄叶子,与她浅咖色的风衣是那样的协调，脸上洋溢着自信的微笑，从街上翩然而过，引来众多路人的注目。

  我想起了，我们一起到黄山去旅行，她把雨衣、手套悄悄送给后来者。在徒步走完黄山近10公里的下山路后，脚踝都肿了，但我们的游兴一点儿也没减。夜幕降临，坐着黄包车漫无目的在历史悠久的屯溪区穿梭，师傅热情地介绍当地的历史文化、风土人情、风味小吃，还特意把我们带到小吃一条街，师傅在路边等着，我们带着感动带着歉意觉得师傅人不错，当然结账的时候，价钱也不菲。

  我想起她上课的风采。她上了题为《杨氏之子》的公开课，赢得满堂喝彩，那天听课的人真多呀！全区各学校的校长、教导主任、教研员都来观摩。一位资深校长说：这是我听到的最好的语文课，浓浓的语文味……我想起了汉台区教研室组织的送教下乡活动，那是个春暖花开的季节，金黄的油菜花盛开在漫山遍野，志东上的是古诗《清平乐·村居》，徐望中心小学的孩子，在课堂中的表现让人刮目相看，她打破了农村孩子不如城里孩子的偏见。我想起了和她一起当评委的点点滴滴，我们俩总是那样默契。工作中我们是并肩作战的战友，生活上我们是相互关心的姐妹，她知道我肩颈不好，送给我的按摩神器，很好用……

  正当她事业如日中天时，一场大病将她从挚爱的三尺讲台上拉了下来。虽说近几年我们联系少了一些，但彼此之间一直是牵挂的，我们都在默默地关注着对方。今年春天见到她，状态很好，尤其是听到她朗诵的美文，真心喜欢！真心高兴！她终于走过了人生最黑暗的日子，渐入佳境，姐姐真替她欣慰！那个美丽、知性、善良、温婉的妹妹回来了！

我把志东的这段话转发在家庭群里,女儿唏嘘不已,分外感动,感动于我和志东阿姨在工作中结下的这份深厚的友谊,它纯粹、明媚、向善、向美;感动于志东阿姨细腻的心思和感恩的心,几个月饼而已,她却能铭记多年。中秋节这天女儿特意买了志东阿姨喜欢吃的蛋黄莲蓉月饼,和我一起给她送过去。那晚的月亮很美,我们的心情格外好。

一年逢好夜,万里见明时,但愿人长久,千里共婵娟。

# 茶淡情谊浓

缘分亦作缘分,是中国文化的抽象概念,是一种人与人之间无形的连结,是某种必然存在的相遇的机会和可能。我与贾连友、吴秀林、马俊惠三位老师的相聚,何尝不是缘分所致。

(2021年)六月初,收到贾老师发来的信息:殷老师好,从网络上看到了你写的《一辆"永久"牌自行车的故事》,故事生动感人,浓缩了时代的记忆。顺告,我已离岗休息,回头空了品茶交流,送你两本我出的闲书,祝好!

收到贾老师的信息,我很激动,也很感动。初识贾老师是在1987年的春天,他在伞铺街小学任教,我们班在该校实习,贾老师是我们的实习指导老师。他很瘦,很白,二十四五岁的样子,穿着西装,头发浓密而略长,腼腆斯文。他上的公开观摩课是五年级的一篇精读课文《猎人海力布》。我记不清课堂上的细节了,但贾老师给我留下了治学严谨,谦虚平和的印象记忆。

再一次见到贾老师,已是20多年后的2010年。彼时他是洋县县委常委、宣传部部长。我与先生到洋县找同学玩,席间他们说到了贾常委在县上也分管教育,办了许多实事,是受人尊敬的领导。我试着给贾老师打了一个电话,贾老师接了,显得惊喜。

他从县委机关食堂吃过饭赶过来看望我们。贾老师热情和蔼,向大家问好,让我们同学继续热闹吃饭。他与我们夫妇交流了一会儿,说县上工作忙,不能多陪,就匆匆告别了。

后来,贾老师又转任南郑县委常委、宣传部部长、市文联主席。偶尔在街头碰面,也只是热情地、匆匆地打个招呼而已。光阴似箭,没想到他现在已接近退休年龄了。

因我的一篇习作而受到贾老师的关注和鼓励,确实让我喜出望外。我想能尽快见到他,怎奈进入六月份,迎来了升学季。期末命题、六年级检测考试、综合考评,穿插着到溧阳参加了一个摆渡船的阅读会,七月份忙着考试、收尾工作。与贾老师见面的事,就这样搁下了。

进入八月,我正计划邀请贾老师见面时,正巧又接到贾老师打来电话,听出他有些兴奋,说又从网上刚看到了我写到的吴秀林老师,是他多年不知音讯的老朋友,让我转告吴老师,空闲时一起见面叙旧。于是就有了这次品茶小聚。

在城区一家雅静的茶楼,第一位到来的是贾老师。我高兴地迎接他入座,请他选择自己喜欢喝的茗茶,他笑笑说,随意,一杯清茶就好!恭敬不如从命,我点了茶,配上茶点,就有了简单而随意的感觉。

见他精神焕发,只是头发花白了许多。问及他的身体,他说,近些年累坏了,经历了文联历史上工作繁重也最困难的时期,虽然把工作成绩搞上去了,但身体透支了。他话题一转,送我随身带的两本书——《当代文坛名家纪实》《汉中历代名家名篇精选》。翻开飘着墨香的《当代文坛名家纪实》,是贾老师撰写的陈忠实、贾平凹、叶广芩、郭荣章、王彬、哈辉等15位名家故事。陕西省作协原副主席、著名作家王蓬为此书写了长篇序言。其中评介:"……摆在我们面前的《当代文坛名家纪实》,展示连友概括生活的能力,塑造人物的本事,文字表述的功夫都达到相当成功的水平,应该说连友这部新作为汉中乃至陕西文坛,交出了一份优秀的答卷。"

交流中,我知道这两本书只是贾老师业余写作的一部分成果,他没有多谈自己的作品。而是亲切地赞扬我,说最近才发现我的散文写得好,有生活气息,希望我坚持写下去。又说,作为业余爱好写作,也别太辛苦,别太刻意,一切随缘就好。他以"过来人"的淡泊,对我鼓励和引导。

正说着,吴老师和汉台区文联原主席马俊惠也到了。文友相见,分外亲热,握手言欢,感慨万千!贾老师说,没想到你俩也是好朋友,太好了!马老师说,我也来给老朋友敬一杯茶,感谢之前对我工作的支持帮助!贾老师说,也感谢你!我俩在市区文联工作合作非常愉快!大家谈笑入座,相互敬茶,其乐融融。

20世纪80年代文学热时,贾老师和吴老师在一个笔会上认识,从此两个文学青年结下了深厚的友谊。吴老师动情地回忆:"当时你在东门桥老街上住,我去过,家里地方很狭小,很简陋,到处是书。"贾老师回忆说:"当年你把我发表的豆腐块小文章收集剪贴在一起,让我很感动!"大家正随意聊着,吴老师从口袋里取出一个晶莹剔透的玉壶说,这是一个朋友送给我的,只有与贵客相聚,我才拿出来把玩。吴老师情不自禁地吟诵:"若问朋友情几何,一片冰心在玉壶。"吴老师喜欢收藏,尤其喜欢收藏玉,他对玉的产地、品种、成色都如数家珍。贾老师看着吴老师容光焕发的样子,赞叹说:"玉养人,人也养玉呀!"

谈笑间，贾老师说我们三人老家都在北部丘陵区武乡镇汉王，夸汉王是块风水宝地，走出来的人不少。的确是这样，汉台区督导室原主任唐斌曾经做过统计，光汉台区教育界就有300多汉王人。一石激起千层浪，马俊惠老师说他早年写过一篇文章《苕乡情思》，从红薯的品种到营养价值到精神意向说起，汉王人有一种性格特征，就像红薯的特质，你对他好，他就是耙红苕，软糯香甜，随意变形；如果你对他不仁，他就是生红苕，坚硬难啃，也可能是保卫自己的利器，生红薯砸人还是挺疼的……吴老师说红薯的储藏也蕴藏了生存哲学，太热干疤坏了，太冷水化依然逃不脱一个烂，红薯要放在窖里，温度适宜才能保存。人太钢不行，太柔也不行，刚柔相济才能立于不败之地。我们三个汉王人大谈红薯，贾老师听得很专注，很高兴，感受着红薯话题的快乐！

马老师讲了他的成长史。工作第一站，领导对他各种刁难。说起这些往事，他似乎还没有释怀。在座的吴老师年长几岁，喝一口茶，哲人般地总结："年轻人要成就一番事业，需要四种力量，即自己努力的力量，名师引导的力量，亲人支持的力量，小人刺激的力量。"说得多么富有哲理呀！打不死你的终将使你坚强，来自于对手或小人的"馈赠"，从某种意义上来说比朋友的要多，应该感谢那些小人，那些恶人，他让你强大，让你优秀。

正说到武乡一带，贾老师突然想到了1994年，一个叫郑福荣的青年，因抢救落水群众而光荣献身的事迹。这也唤起了我们共同的记忆——

那时贾老师在市（区）委宣传部是新闻干事，采访报道了一位农村青年感动汉中的英雄事迹。《汉中日报》以醒目大标题及整版刊发了《英雄不是瞬间造就》的纪实文章,随后又进行了系列报道。新华社、《农民日报》也相继发了报道。郑福荣是武乡郑庄村人,距我们汉王不远。他在住家的东干渠边,先后多次抢救落水群众。在第五次抢救一名落水妇女时,不幸被湍急的渠水吞进了涵洞,献出了年仅30岁的生命。文章发表后在社会上引起了巨大的反响。当时的汉中市委、市政府作出了《向徐洪刚式的好青年郑福荣同志学习的决定》,贾老师还与市委宣传部领导一起,发动一些单位干部职工,为英雄家属捐资慰问,掀起了学英雄、爱英雄、送温暖活动。郑福荣的英雄事迹还被选编入《可爱的汉中》一书。

　　人到了一定年龄,可能都喜欢怀旧。说到我们共同知道的一些人和事,贾老师回忆早年在工作起步中,受到过张大成、伍长述、李世义、郭存福等老师和领导的帮助时,充满了感恩的深情。

　　临别时,吴老师赠给贾老师一个红木做的小茶壶,见贾老师很喜欢。吴老师随口吟道:"壶小乾坤大,茶淡情意浓。"我心里感叹:好一个茶淡情谊浓!君子之交如茶淡,师生友谊情意浓!

　　外面下起了小雨,暑热渐渐散去。明日立秋,秋天是收获的季节,愿我的老师,我的朋友收获健康,收获喜悦,收获幸福!

(写于2021年立秋日)

## 菜豆腐和油饼馍

　　菜豆腐和油饼馍这一美食搭档属于小众小吃，只在汉中的某些地方偶见，比如说在汉王镇它就很寻常，在困难时期它可是当地老百姓的心头肉、桌上宝，小小的一份美食曾是美好生活的代名词。

　　那时候家里要来重要的客人了，母亲头天晚上就会把秋天刚收好的豆子，用簸箕簸出瘪的、烂的，挑出小沙粒，用温水泡上。天刚蒙蒙亮，咯吱咯吱的声音在寂静的小山村里显得响亮悠远，那是母亲在手磨上磨豆子。天大亮了，母亲把一小桶刚磨好的豆浆麻利地提在灶台上，倒进布口袋里，捏豆腐的架子搭在锅上，母亲一手将袋子口抓紧，另一手用力捏压起来。乳白色的豆汁从布袋里涌出来，随着布袋的翻转，豆汁由线状变成水珠，嘀嗒嘀嗒落在架子上，落在锅里。往布袋里加几次水后，捏出的豆汁渐渐变淡了，捏豆腐的工程也就结束了。

　　黑漆漆的豆腐架子挪到另一口锅上，这个豆腐架子可是我们家的老物件呢。打我记事起，它就是这个样子，两头尖呈梭子形，中间有四个横条，在它的身上滤过多少豆浆，谁也说不清。记忆里一到腊月，它就忙起来了，东家借，西家用，早上用，晚上用，有时还得排队，直到一座白生生的豆腐压成后，豆腐架子的任务也就告一段落。

去了豆渣的豆汁儿，烧开后就可以点豆腐了。点豆腐是个技术活，"要想豆腐多灶火里站个窝。"这是奶奶每次点豆腐都挂在嘴边的话。意思是要想豆腐点得多点得细，需慢慢地点。急吼吼地倒一马勺浆水水，哗地一下，锅就清了，豆腐少而且口感苦涩。锅开了，母亲用勺子将浮沫轻轻地荡几下，接着舀一铁勺浆水水，沿着锅边徐徐地边倒边搅。那白色的豆汁儿随了铁勺转了起来，灶膛里的火熄了。浆水水与豆汁慢慢地反应、结合，一锅的豆汁静静地等着，时光像是停止了。

再加一把火，母亲又舀了一勺浆水水，沿着锅边徐徐地边倒边搅……如此这般，七八个轮回，半个多小时过去了，白白的豆汁慢慢地变成一块块的豆腐，在清清的汤里，集结，壮大，豆腐终于点成了。

在豆腐成型的这会儿，母亲麻利地在另一个锅里炒芝麻，一阵"噼噼啪啪"，芝麻变成黄色，放凉后在石窝里捣碎待用。炒过的芝麻散发出浓浓的香味随着炊烟四处飘荡，在院子里疯跑的小伙伴突然停下来，猛地吸一口气："好香呀！是谁家要炕油饼馍了？"厨房里母亲用热水和面，把和好的面分几个小面团，擀开后先倒上菜油，再撒上盐、花椒、芝麻碎，卷好后上下一按，再擀开，等锅烧热把面饼放进去，翻两个身后，顺着锅边倒一些菜油，油在铁锅里吱吱地响，翻个身，再倒一些菜油，待熟后，用筷子和铲子将饼子弄成小碎片，这就是传说中的油饼馍。上小学时，老师时常对那些没有收拾、不爱整洁，把教科书、作业本角角边边卷起来、脏兮兮、油乎乎、烂糟糟的同学说：你看，你把书和本子弄得像油饼馍蓑蓑。看来它们的确有相似之处。

　　一块块白白嫩嫩的豆腐卧在清亮亮的汤里，一盘油黄酥脆的油饼馍，热气腾腾地摆在餐桌上，吃一口油油的，喝一口爽爽的，那滋味……物资匮乏的年代，大多时候只有客人吃，我们只能躲得远远地闻个香气，想想味道。爷爷是个手艺人，常常外出干活，偶尔奶奶会炕几张油饼馍，拿出珍藏的竹叶青酒，给爷爷解解乏气。我们这些孙子辈鼻子比狗鼻子还灵，黏在爷爷身边，又倒开水，又点烟，还讲笑话逗爷爷开心，但眼珠子一刻也没有离开过那吃食。爷爷是个慈祥的人，知道孙子们的小心思，笑眯眯地一一给我们这些小馋猫们分一些，捧在手心里热乎乎的，凑近鼻尖闻着香喷喷的，咬上一口，油！酥！脆！说它是人间美味，一点儿也不过分。

　　现在日子好过了，餐桌上的美食不断变化着花样，可记忆里的菜豆腐和油饼馍依然是那样美味、那样亲切……

## 麻汤饭

麻汤饭是陕北的一道特色美食,它营养丰富,香味扑鼻。关于麻汤饭,民间俗语有:"麻汤饭和(huo)小蒜,老婆吃了打老汉!"意思是说麻汤饭吃起来满口浓香,余味无穷,让人吃饱了还想吃。之所以"老婆吃了打老汉",是因为老婆还没有吃够而已!不承想我这个不擅长做饭的陕南人,居然独立做成了一锅麻汤饭,给好友邻居送了一碗,他连声说:"好吃好吃!就是这个味儿!"看着眼前这碗寻常而又独特的麻汤饭,让我想起远在千里的亲家一家人。

去年我们到延安去送亲,亲家住在延长县。沟壑峁梁的沧桑雄浑、土窑洞的原始质朴、磕头挖油机的谦卑坚守、信天游的荡气回肠、兰花花的委婉高亢,这些陕北独特的元素,让亲友团倍感新鲜好奇。亲家一家人淳朴、真诚、热情、周到,让我们感动不已。

坐在宽敞干净的院子里,吹着初夏塬上送来的凉爽的风,吃着亲家夜里两三点就起来做的饸饹面,先生的话匣子打开了,他讲了我们第一次吃麻汤饭的经过。两年前的暑期,我们到陕北旅游,在米脂县吃早餐的时候,我发现有一种貌似腊八粥的稀饭,我想尝一点，先生笑我只会吃便宜的。当我喝了一口之后，那种奇妙的味道深深地吸引着我，比腊八粥多了一种植物油的清香，口齿留香。我强烈给同伴推荐这种味道特别的粥，他们带着试试看的心态，以家为单位先舀了一碗，结果一人一碗不过瘾，有的两碗，有的三碗，像民谣中说的"麻汤饭憨憨汉，三碗不饱五碗不放碗"那样，我们也变成了憨憨汉，直到锅见底，还意犹未尽。与老板交流才知道这种粥叫麻汤饭。旅游回家后我们念念不忘这种美食，凭想象，麻汤饭，是不是在腊八粥的基础上，加上花椒粉，因为它有个"麻"字么，实践证明我们想多了，新创造的粥既没有腊八粥的滋味也没有麻汤饭的清香。听到先生说到这儿，亲家母笑开了花："麻汤饭的灵魂是麻子，加了麻子，稀饭可香可香咧。"

这神秘的麻子到底为何方神圣？亲家给我们科普了一番：在中国大西北，麻子是普通老百姓很喜欢的一种食材。籽粒同绿豆大小，外壳薄脆，内肉质香，可用于榨油，色泽暗黄，味道悠香，秋季果实成熟时采收，除去杂质，晒干。味甘，性平，归脾、胃、大肠经，功效润肠通便、润燥杀虫，临床用名有火麻仁、炒火麻仁。

我们随便的一个聊天，亲家母却记在了心里。秋天的时候，亲家母打电话说她特意在房前的空地上种了一片麻子，邀请我们春节到延安去，她给我们做地地道道的麻汤饭。谁知道先是疫情去不了，后来"阳"过之后，身体一直处在康复期，延安之行就这样搁置起来了。

前几天亲家母发来了微信，说给我们寄来了一些压好的麻子。打开包裹是一大包黑乎乎的油饼，闻一闻，有一股油乎乎的清香，这就是传说中的麻子，终于见到它的庐山真面目了。我迫不及待地想做麻汤饭，好像有感应，亲家母随后给我发来了做麻汤饭的做法和注意事项：先舀一小碗麻子，用小火在锅里熬，待熬出油后，静置一会儿，把上面的汤舀出来，加上大米、黄豆、红豆、绿豆、玉米、小米什么的，可以下点面，也可以不要，必须加点盐才好吃，吃之前吃点馍馍之类的垫一下，怕不适应。她发来了用石磨碾麻子的视频，她说用传统的石磨碾出来的麻子味道要好一些。看着看着，我不禁眼眶一热，一股暖流涌上心头，与亲家相处的点点滴滴，像放电影一样，一幕一幕呈现在眼前。

前年的九月底，亲家们从延安来到汉中，双方父母第一次见面。看见我们，亲家母马上站起来，亲家母用夹杂着陕北口音的普通话说："殷老师好，陈校长好，见到你们我太高兴了。"亲家公不善言辞，但从他合不拢的嘴巴，笑盈盈的眼里看出对儿女亲事的满意。亲家母一个劲地说："太好了！我们太满意了！我儿子咋这么有福气，遇见了你们这么好的一家人。"

孩子们要订婚了，但疫情变得异常严峻，亲家母彻夜难眠，在孩子们最重要的日子，他们却不能亲临现场，在遗憾的同时又深表歉意，心疼我们操的心太多，怕累着我们了。对她准儿媳妇说：想要啥，让你男朋友买，人生大事，别留遗憾，还说结婚后让女儿当家。亲家的智慧和格局赢得了我们全家人的认同和敬重。

去年五月份，他们按当地最隆重的方式，给孩子们办了婚礼。我们要返汉了，亲家母忙前忙后地给我们装东西，看着山一样的礼品，我开玩笑说："干脆把你们的窑洞也给我们装上算了。"亲家母哈哈一笑："延安是女儿的家，也是你们的家，随时欢迎你们来住。"

连接两家人的不仅是电话、微信、小视频,更多的是源源不断地从延安方面寄来的特产:杏子、桃子、李子、紫薯、小米、黄米馍馍、油糍粑、花椒面、辣椒面……亲家母坚信用石磨碾的花椒、辣子保持了食材的原味,给我们寄的都是她推着石磨一圈一圈碾的。秋天一到,一箱箱又红又脆的苹果、梨早早寄过来,亲戚朋友们都品尝到了来自黄土高原的深情问候。享受着亲家寄来的美食,我心疼亲家母的不易,亲家公在外地工作,小儿子在西安上班,偌大的一个院子里,里里外外只有亲家母一个人,好几亩的苹果园都是她一人打理,从疏花到施肥、套袋、取袋、摘果子、售果子,几万个苹果都要从她的手里过上几遍……

先生不爱表达,很少与亲家互动,但他天天会给我通报延安的天气。去年夏天汉中干旱炎热,好不容易下了一场大雨,先生对我说:"这场雨要是下在延安该多好呀!"我笑着补充道:"要是下到亲家母的果园里该多好呀!"哈哈哈……

"你发什么呆呀!快吃麻汤饭,要不我都要吃完喽。"先生把我从回忆中拽回,我喃喃地说:我想去延安了。

麻汤饭,麻汤饭,我品出的何止是麻汤饭的滋味呀。

# 雪地里的那一抹红

风从下半天开始就肆无忌惮地刮起来，柿子树上仅存的几片枯叶，一头扑下来，一会儿飘在墙角，一会儿随着旋风在院子中间翻滚，堂姐眼尖手快，"旋风旋风你是鬼，三把镰刀砍你腿！"滑落镰刀飞进旋风里。呼地那枯叶又被吹起，飞出半人多高无所适从地窜到东，忽地又窜到西。逆着风走的人，头发飞起来，衣服裤子紧贴在身上，在身后呼啦啦地飘扬，眼睛不敢睁，呼吸也困难；顺着风走的头发扑在脸上，一双无形的手推着人向前跑。天空彤云密布，奶奶抓着门框，眼睛眯成了一道缝，一张嘴露出个豁豁牙："夜里怕是要坐雪哩。"

翌日清晨，房子里亮堂堂的，墙面上贴的报纸、画报也像是蒙了一层白纱，穿衣服都不需要开灯。推开门，果然下雪了，目之所及，一片苍茫。草垛子戴上了圆圆的白帽子，门前的李子树、桤子树开满了晶莹剔透的花，门前小溪也一改往日的欢快，铺满了雪花变得格外安静。睡了一夜的小动物们迫不及待地出场了，大公鸡甩甩脑袋，抖抖羽毛，站在鸡窝上，仰天高歌：咯咯——咯——母鸡们和小狗小猫玩起了游戏，你走几步画个竹子，我一蹦一跳画个梅花。我则站在小学门口，不时地向西边的梁上眺望。红红姐姐说好的今天要到我们家来玩。

　　红红姐姐，姓赵，她是和表哥一起到李家营村下乡的知识青年。初次见到她，我就被她的美丽深深地吸引住了，眼里似乎再也看不到别的东西了：红扑扑的圆脸上，一双又大又亮的眼睛，扑闪扑闪的，长长的眼睫毛也遮不住她盈盈地笑。叠成三折的麻花辫子，分散在耳朵两旁，离肩有两寸的距离，她一转头，那辫子上红红的毛线也轻轻地左右摇摆，白底上印着粉色小花的确良衬衫，更显得她皮肤细腻白嫩。见我在瞅她，她未开口，眉眼却在笑，与深深的酒窝呼应着："过来过来，你叫什么名字呀？"细长的手指并在一起在空中打个弯招呼我，我害羞得磨磨蹭蹭地挪到她跟前，头也不敢抬，眼睛却瞅着她白色的凉皮鞋（塑料凉鞋）、丝光袜。"长得好看呀！洋气得很！不像个农村孩子。"她摸摸我的头，"嘿，长得丑死了，尖嘴猴腮的，爱跑不爱吃饭。"听着母亲的话，我脸腾地红到脖子上，头埋得更低了，大人们莫名其妙地哈哈大笑起来。

　　随着她到我们家来的次数增多，我自然和她热络起来，我就像她的小尾巴，她到李子树下摘李子，我也去摘李子；她把栀子花插在辫子上，我也把栀子花挂在耳朵上（头发太短）；她到铁佛寺去看大药树，我也到铁佛寺去看大药树；傍晚时分，她与表哥去田野里散步，我也要去散步，奶奶一把揪着我，用手戳着我的头："你不长一点像眼子（眼色），人家要说事呢。""他们说事我又不听？""你个崽娃子知道个屁臭木瓜香。"说完又对我挤眼睛努嘴巴。后来我才知道他们是一对恋人，哦，难怪人家要到我们家来玩。

　　秋风吹起的时候，田野里一片金黄，大雁南飞。表哥要到新疆当兵了,红红姐姐把哥哥送到汉中,回来的时候,她的眼睛红肿红肿的。我们一家老小更牵挂她了,村里要放露天电影了,家里煮肉了、蒸面皮了,都让我去接她。这不,昨天下午我冒着大风,接她今天过来吃饭。放学铃终于响了,我第一个冲出教室,站在校门口的石墩上,向西面梁上瞅。瞅着瞅着,在白茫茫的雪地里,有一个红点在移动,定睛一看是她,一定是她!那红点越来越大,那是红红姐姐的红围巾!"红红——姐姐——红红——姐姐——"我边跑边叫边招手,她也看到了我,向我挥手"慢——点——跑!别——摔倒——了!"红红姐姐拉着我的手,温暖极了。今天红红姐姐分外漂亮!鲜红的针织围巾衬得她脸白里透红,哈出的热气,在她的长睫毛上凝成了一层薄薄的水雾,眼睛更会说话了。这幅画面深深地印在我脑海里,以致后来几十年里常常在雪花飞舞的日子里,总会想起那个戴着红围巾在高梁上,在雪地里走动的姐姐的画面。

"红红姐,红红姐,整天叫个不停,谁知道你能叫多久?"小伙伴艳艳嫉妒得嘟嘟囔囔。不承想,让这个乌鸦嘴说着了。红红姐姐到我家来的次数慢慢少了,我还是隔三差五地去找她,有时候,能见着她,有时候见不着,估计回城里家去了。听大人们说,红红姐姐比表哥大一岁,好像他们俩分手了。听到这个消息,我悄悄流过几次眼泪,失落了好长时间,她给我买的红格格手绢整整齐齐地搁在奶奶的箱子里,散发着苹果味儿的发卡,我放在枕头下面。我连一次都舍不得用,思念她的时候,我就会把它们拿出来看一看。

听说过了一年,她招工进城了。具体干什么工作,嫁给了谁,现在住到哪里,我一概不知。问过表哥两次,他也不清楚。

我常想，也许我与红红姐姐曾经在汉中的街头碰过面，只不过40多年过去了，就算迎面走来，也未必能相识。

如果有缘，我真想当面再叫她一声"红红姐姐"！如果今生无缘再见，虽有遗憾，但雪地里那一抹红，给我带来了一生美好的回忆。

## 二、光阴里的星星之光

# 我的好老师

好老师犹如灯塔，闪闪发光，在你漫漫的成长路上，是照耀；好老师犹如火把，引领光明，在你荒凉的心田里撒下希望的火种，是唤醒；好老师犹如桥梁，忍辱负重，让我们走向收获的峰巅，是摆渡；好老师犹如青藤，坚韧修长，引领我们采撷到崖顶的灵芝和人参，是奉献！我是何其幸运，在求学阶段遇到了许多好老师，他们既是我的良师，又是我的益友。

（一）

我上的小学是村办的。殷志荣老师是我小学二年级的包班老师。所谓包班，语文兼数学、体育、音乐等，一句话，凡是课表上的课，都是一个人带。他不光包二年级，还包三年级。因为极缺老师，复式班就应运而生了。一节课，在同一间教室，前半节课先给二年级上课，三年级的学生写作业，后半节课三年级的学生听课，二年级的学生写作业，如此循环，周而复始。

殷老师教我们的时候，高中刚刚毕业，印象里最深的是给我们上第一课的情景，上的是《大海航行靠舵手》，他先把课文深情地朗读了一遍：

光阴里的故事

　　大海航行靠舵手

　　万物生长靠太阳

　　雨露滋润禾苗壮

　　干革命靠的是毛泽东思想

　　读到最后一句，他伸出右臂用力向上一扬。也许因为紧张，也许因为对课堂教学的敬畏，他的脸憋得通红。我们在反复的诵读中，朦胧地知道了毛主席像太阳一样照耀着中国人民。

　　他是一位既严厉又时时关爱学生的好老师。在他的课堂上，你绝对不敢说悄悄话、吃东西什么的。他的眼睛不大，像探照灯一样，扫视一下全班同学，总能发现一些问题。那是一个秋天的午后，雨过天晴，明媚的阳光透过窗户照在我的课桌上，终于可以出去玩了！忽然想到景家山的韭菜应该长得很高了吧，上个星期掐了一大筐，包了两顿包子，可鲜了！对，今天放学后再去掐一回，要和谁去呢？景家山下的那一片橘子应该成熟了吧？等到天黑的时候可以顺手牵几颗回来。想到橘子，我的口水都快流出来了。"你！起来说一下，刚才我讲的啥？"殷老师的脸红得像鸡冠花，眼睛透出的光，让我哆哆嗦嗦："你讲的是——讲的是——哦，讲的是橘子快熟了。"课堂里安静了几秒钟，随着殷老师"噗"的一声，全班同学笑成了一大片，我的脸估计比老师的脸还要红，恨不能找个地缝钻进去。全班同学的笑声戛然而止，我偷偷地瞄了一眼老师，他的笑凝固住了："你身为班长，上课不好好听讲，思想抛锚，像话吗？如果不改，告诉你爸爸，看他咋样收拾你！"听到这话，我吓得脸色煞白，爸爸脾气大，知道这件事非打死我不可。下课后我尾随着老师到他的办公室："你来干啥？我又没请你。"殷老师说话的语气温和了许多，"老师，我错了，再也不敢了，求你别跟爸爸告状。""告状？什么叫告状？都说你能说会道，你好好想想这个词语用得是否合适，告不告诉你爸爸，要看你的表现！"从那以后，我上课再也不敢开小差了，聚精会神，老师讲的每一句话都记在心里。每次爸爸问起我的学习情况，殷老师总是夸我聪明、好学。

群干村小学就在我们家房子后面，放学后我们就在这里写作业、打乒乓球、跑格子、跳大绳……最喜欢围着殷老师给我们讲故事，《林海雪原》里的杨子荣，足智多谋，充满了英雄气；雷锋出差一千里，好事做了一火车；邱少云被大火烧了几个小时，纹丝不动；刘胡兰面对敌人的铡刀，丝毫不畏惧……细细回想，他给我打了多么美好的生命底色，系了多么正确的人生第一颗扣子！

我的学习越来越好，渐渐地变成了殷老师的小助手，领读、收作业、安排打扫卫生……偶尔老师外出开会学习，我就像殷老师一样给同学们上课。

后来殷老师教别的年级去了，我们全班同学哭了好几回，一下课都围着他，有说不完的话，他也喜欢我们班的同学，课余时间经常找我们玩。有一天下午，他给我说："明天到汉中去看武术表演，想去吗？""想去想去！"我对汉中太神往了，大爸一家是城里人，堂哥堂姐们常给我讲：东门桥啦，拜将台啦，饮马池啦，中学巷啦，我一次又一次在心中想象着汉中城的样子。没想到殷老师要带我去了！我高兴得一夜没睡觉，穿这个衣服太土，穿那个衣服太旧，翻箱倒柜，最终决定穿那件白花花的的确良衬衫，下面配了一条灰色的裤子，脚上是一双妈妈才做的黑条绒布鞋。天刚蒙蒙亮，我们就上路了。初夏的风带着栀子花的清香，带着草尖露珠的湿润扑洒在脸上，小鸟欢快地一会儿在头顶上飞过，一会儿在自行车前飞过。上沙凹岭那个长陡坡时，我想下来，老师说难得走，让我坐好，看着他弓着身子，使劲踩脚踏板，车子扭过来扭过去，我真想下来推一把，又想要是自己再瘦一点就好了，尽管那时我才60多斤。终于到达坡顶，老师长长舒了一口气，我也长长舒了一口气。接下来是下长坡，松开手闸，车子飞了起来，我和老师也飞了起来。

　　老师把我送到大妈家，约好下午再来接我。大妈家住在北团街中段糖业烟酒公司家属院，匆匆吃了点包子、稀饭之类的东西，堂姐把我领到中学巷口，指了指校场坝（体育场）的方向，就找同学去玩了。也好，我边走边看还自在一些。二中的校门口有两只狮子，怒目圆睁好不威风，汉中师范学校的校门，是青砖砌的城堡，显得古朴厚重，听说这是培养老师的地方，我也喜欢当老师，将来能到这里来上学该多么好呀！巧的是，六年之后，我果然上了这个师范学校。走走看看，穿过祥瑞巷来到了校场坝，这里人山人海，不知道演出开始多久了，远远看去，台上的演员连翻了七八个跟斗后居然稳稳地站着了，"好"！掌声雷动！"轰"台子上的柱子倒了，吓得观众一阵骚动，高音喇叭说：今天的演出到此结束！我顺着人流，出了校场坝原路回到大妈家。

　　我上中学以后，殷老师考上了城固师范学校，那时民办教师能考上城固师范学校的也是凤毛麟角。他毕业后分配到二厂学校教书，教学成绩依然很好，依然很受学生的爱戴！尽管我们见面次数不多，但心里对老师的感恩一直都在。

# （二）

我初中三年是在铁佛中学度过的。铁佛中学的前身是一座寺庙。它修建于明朝，建筑风格属西洋建筑，洋葱圆顶，彩色琉璃瓦是从印度运来的。寺里供奉的睡佛是铁铸造的，故得名铁佛寺。铁佛寺坐落在群干村与光华村交界的高梁上，这个梁更像关中的塬，两边村子很低，它高高地凸起，顶上很平坦，文革时期被拆除了。铁佛中学是在铁佛寺原址上修建起来的，三排左右对称的房子，将校园分成了前后两个院子，中间的过道又将两个院子分割成四个小院子，我们的教室就在第二排靠西的第二个教室。

吴秀林老师是我初三时的语文老师。其实对于吴老师，我早就很熟悉了，一来因为他和父亲是同事，二来因为他的与众不同。一头浓发下是一双清澈的眼睛，高高的鼻梁与微微向上翘的下巴使五官看上去棱角分明，气质非凡。他讲课用的是普通话，这可是铁佛中学第一人。外班的同学走到他的教室外，总会放慢脚步侧耳倾听。

他酷爱读书。每天等学生放学后，总喜欢在操场上放声朗读。不管是山花烂漫的春天，还是北风呼啸的冬天，吴老师总会出现在操场上，边走边读书。附近的村民在学校周围割牛草时也会伸长脖子，静静地听一会儿。铁佛中学的学生在放学后也喜欢领着弟弟妹妹，挎着篮子找猪草时在操场边逗留，他们悄悄地说话，偷偷地听老师读书，有时候能听见，有时候听不见，听见听不见，那有什么关系呢？吴老师边踱着步子边读书的样子本来就是一道风景线。

他终于给我们上课了,标准的普通话,出口成章,妙语连珠,讲课没有了照本宣科,对文章的独特解读,对课文的写作背景及文章发表后的影响……让我们感受到语文的美好,文字的深情,文学的魅力。慢慢地班上同学说话也是四个字四个字的,显得很有文化、很高级。同学们自觉地记下他在课堂上讲的成语、古诗词。开学一个月后我们几个同学组成了诗词爱好小组,我们分头在书本中、在高年级同学中、在家长中收集古诗词,谁找到一首古诗词如获至宝地在小组中分享。我们比谁背得快,记得多,记得牢。放学路上,你一首,我一首,诗词在落满秋叶的小路上飘荡,诗词在开满鲜花的阡陌上回荡,诗词也在我们心田里绽放。春雨里感受着杜甫的"好雨知时节,当春乃发生。随风潜入夜,润物细无声。"的美好;夏日里感受着杨万里的"接天莲叶无穷碧,映日荷花别样红。"的唯美;在"先天下之忧而忧,后天下之乐而乐。"中感受一代名相范仲俺的家国情怀;我们在陆游的"红酥手,黄縢酒,满城春色宫墙柳。东风恶,欢情薄。一怀愁绪,几年离索。错、错、错。春如旧,人空瘦,泪痕红浥鲛绡透。桃花落,闲池阁。山盟虽在,锦书难托。莫、莫、莫!"中朦胧地感受着爱情的浪漫与无奈。

渐渐地我们已不满足背诵古诗词,我们开始找书读:《钢铁是怎样炼成的》《高玉宝》《阿凡提的故事》《第二次握手》等都是我们的宝贝,只可惜那时的书源太少太少,等一本书要太久太久。

说到我对写作的兴趣,源于一次写作文。吴老师带我们不久,让我们写一个熟悉的人。我写了爷爷。其中一段是这样写的:爷爷30多岁时全口没有一个牙齿,到底为啥没有了牙齿?我非常好奇，别人说爷爷怕国民党抓壮丁，自己把一口牙捣掉了，那该有多疼呀！我不信，问奶奶，奶奶瞪我一眼，嫌我话多，打破砂锅一纹（问）到底，狗儿缠住了稀屎客，又说我吃了长虫肉，牙长的（得）很。问爷爷，一向爱我的爷爷却只笑不语。爷爷的牙齿成了我们家的秘密。爷爷是泥瓦工，手艺特别好，村前岭后谁家修房造屋都得请爷爷去。爷爷早上天不亮就背着他的工具出门，晚上踏着月光回家……

在作文讲评课上，吴老师读我的作文，刚开始同学们捂着嘴巴笑，渐渐地同学们安静下来了，读到最后，同学们不由自主地鼓起了掌。吴老师问为什么这篇作文写得好？一是有真情实感；二是关注细节；三是语言鲜活、生动，人物的语言符合人物的身份。得到吴老师的鼓励，我既兴奋又感到压力，下一次作文一定要写得更好。我收集谚语、方言、俚语：朝霞不出门，晚霞行千里；云西跑唧唧唧，云跑南下一年，云跑东打扫院场晒干麦；长的俏来就是俏，打扮出来惹人笑；说人笑人不如人；要得俏一身罩；一勤天下无难事……村里有个木匠，手艺好，嘴上的功夫了得！每次立房上大梁的时候，他念念有词：天开张地开张，鲁班弟子来祭梁，这鸡不是非凡鸡，是王母娘娘赐给的。下了36个蛋，报成了四个鸡，大鸡飞到城里是锦鸡，二鸡飞到山里是野鸡，三鸡飞到田里是秧鸡，四鸡飞到家里是叫鸣鸡。鲁班拿到手里是祭梁鸡：一祭龙头，二祭尾，再祭鲤鱼浮上水，中间祭个团团转，荣华富贵万万年。主家说这鸡是借下的，小娃说这鸡是自己的，不管是借下的，还是自己的，鲁班弟子拿来下酒去……我把收集到的这些方言俚语、民间谚语，适当地运用到作文里，每次老师总会批上这样的评语：语言清新、活泼，生活气息浓。吴老师给我打开了发现生活、观察生活、热爱生活的窗户。

一年的时间，转眼结束，那一年我以优秀的成绩考入汉中师范学校，全校有六个人考上中专，也创造了我校升学的辉煌。

几年后吴老师调到王家岭中学教书。当时教育局的李局长，在一次检查听课时发现了吴老师的才华，直接将他调到汉台二中教高中语文，他破格由民办教师转正为公办教师。吴老师任过多年的汉台二中的副校长，以督导室督学的身份光荣退休。

（三）

"敬爱的纪老师您好，毕业已三十多年，但您对我的教诲却使我终身受益……"我给恩师写信，又好像我们还在汉中师范学校的校园里，沈荣莲在用毛笔写班规……忽然醒来，一看时间，夜里两点多，睡意全无，梦境将我带回到1984年的秋天……

入学那一天，新生要在校门口面试，老师让我读一段文字，我忐忑又用力地读完后，头也不敢抬，眼睛看着脚尖，两只手下意识地摩挲着衣襟，等待老师的发落。没想到那位老师和蔼地说，表达很不错，只不过"活泼"的"泼"读"po"不读"bo"。过关后，在墙上找到我的名字，我被分到一班，从那一刻起84级（一）班与我结下了一生的不解之缘。

我们班在一进大门第一排木楼的二楼。上晚自习时，有位三十多岁的女老师，眼睛不大但很有神，留着短发，穿着一套灰色的西服，身材高挑挺拔，一口标准的普通话像央视播音员一样，说话干脆利索。她就是我们的班主任兼物理老师——纪玲老师，她慢慢地影响着我、引领着我、改变着我的一生。

为迎元旦，纪老师教我们跳阿细跳月，全班同学手拉手围成一圈跳,男女同学手拉手,在当时是一件很富有挑战性的事,大家觉得别扭,尴尬。纪老师笑着说:"快!快拉上,我们是兄弟姐妹,是一个大家庭。"我在慌乱中拉住了同学的手,跳得很笨拙,但跳得很卖力。那段时间,每天晚自习的时候我们在西操场自觉地手拉手围成一圈跳,外班的同学羡慕地看我们,自豪之感从心底升起。好多年后同学聚会时,我们总会提起一起跳舞的事,美好、纯真。

汉中师范培养的是小学老师,是万金油,吹、拉、弹、唱、说都要会一点。我在乡下读的初中,一点儿音乐基础都没有,纪老师让我当文体委员,我没敢接活。纪老师的三笔字、唱歌、弹钢琴都很在行。一年级时教我们唱《金梭和银梭》:

太阳像一把金梭
月亮像一把银梭
交给了你也交给我
看谁织出最美的生活
金梭和银梭督促你和我
时光如流水朋友别消磨
金梭和银梭提醒你和我
光阴快如箭青春莫错过
莫错过

我们在唱歌时明白了,光阴飞逝不能虚度。三年级时教我们唱《当我们毕业的时候》:

当我们毕业的时候

将走向新的天地

满怀对人民的忠诚

迈向广阔前程无边无际

亲爱的同学们

快把肩上的重担挑起

祖国在召唤

要我们奋斗不息

祖国在召唤

要我们奋斗不息

  我们含着泪唱,三年的师生情、同学情依依不舍,肩上的使命和担当是我们的初心。

  纪老师经常在班会上讲:不管你有没有基础,你总得选一样爱好,好好练,慢慢地你就会学出门道。同学有一点点特长,有一点点进步,纪老师就无限地放大,鼓励。"太好了!""你真了不起!""你是我们班的骄傲!"这是纪老师的口头语,她这种赏识教育在2001年第八轮课程改革时才正式提出,她却已经践行了很久。一时间我们班有的去练琴,有的去练书法,有的去练绘画,有的酷爱读书、写作,大家忙得不亦乐乎。

  一次作文课,题目是写老师的。我的作文在班上交流,还贴在学校的墙报上,从墙报的作者中选了两名同学演讲,我是其中之一。当着全年级四百多人演讲,我紧张极了,一边准备,一边心想,要像纪老师那样从容淡定!迈过了演讲这道坎,我变得自信多了。

那时每天早上都要绕着中学巷—北团结街—五一路—北大街晨跑，冬天偶尔有男同学偷懒，纪老师会跑到男生宿舍里叫，也许是怕纪老师揭被子，从此我们班再也没人缺席过。要广播操比赛了，我们一有空就练，纪老师觉得动作不到位，让我们做分解动作，腿抬的高度、举手的角度都要一致，纪老师提出：比赛必须拿第一！我们在烈日下练，我们在晚风里练，终于比赛了，在八个班中我们班一举夺得冠军。汉中师范三年，但凡比赛，我们班必拿第一。我们班的学风也常常受到学校表扬。凡事认真、勇夺第一，像种子一样深深扎根于我们内心，拼搏、向上、乐观成了我们精神的样态。

纪老师善于发现同学们身上的闪光点，同时绝不姑息我们的一些错误做法。那是一次全年级篮球比赛，轮到我们班上场了，我们几个女同学卖力地当啦啦队。"加油""进球"不绝于耳，纪老师也和我们一样，球进了，高兴得相互击掌欢呼。轮到别的班上场，我们几个同学的态度大变，人家没有进球，我们喝彩；人家进球了我们默不作声，眼看着他们分数要超过我们班了，人家投球的时候，我们使劲喊"投偏""别进"。正当我们喊得起劲的时候，纪老师把我叫到操场边，她的脸色变得异常严肃，用严厉的口气说："你们的心情我可以理解，但是你们这样做显得没有礼貌。你爱读书，勤奋向上，我对你充满了期待，但你今天让我很失望。尊重对手是一种修养也是一种格局。"纪老师给我上的这一课让我受益终身。

纪老师是我的人生导师。在工作生活中当我感到迷茫、想要放弃的时候，找她聊聊天，她的学养、洞察力、淡然处世的平和心态，让一切问题迎刃而解，我豁然开朗。

纪老师已然进入古稀之年,但她身上向善、向真、向美、向上的精神永远是我们学习的榜样。

　　纪老师人性的光辉照亮自身的同时,也照亮了她一届又一届的学生,这些学生有的也许身处井隅,但心向星光,眼里有诗,自在远方。是的这束光会传承!

# 一本值得一读再读的好书

假如有人问我,在琳琅满目的图书里,有没有一本值得一读再读、常读常新的书?如果有,它会是哪一本呢?它是中国的四大名著,还是国外的畅销书?仔细梳理,具体到某一本书,在不同的年龄段,不同的心境,答案都不一样。倘若跳出对书的狭义理解,但凡对自己有影响、有启发的人都可称得上书,不是有"听君一席话,胜读十年书"的古语吗?这么一想,我豁然开朗,答案唯一,就是她。她不是书却胜似书。她是我迄今为止读过的最优秀的一本书,是一等一的好看,是登峰造极的好书。

她是一个平凡的人。说她平凡,在人群里她就是一个慈祥优雅的老奶奶,当你有幸与她促膝长谈,深度交流,她的智慧,她的博学,她的乐观,她独特的人格魅力,就像是一个巨大的能量场,紧紧地吸引着你,又像一本厚厚的书,给你启发,让你沉思,使你压抑的心灵瞬间释怀,有一种茅塞顿开的通透感。荀子曾说:"蓬生麻中,不扶而直;白沙在涅,与之俱黑。"和什么样的人在一起,就会有什么样的人生。人生一大幸事就是:与智者同行,与高人为伍。这位有趣的灵魂就是我的恩师——纪玲老师。

纪老师是我上汉中师范学校的班主任兼物理老师。彼时的她正值人生好年华，高挑的身段，飞扬的短发，标准的普通话，绘画、弹琴、写大字、跳舞……多才多艺，性格开朗的她是我们的偶像，是我们追逐的光。她教育理念先进，充分尊重学生，与学生平等相处，对所有学生一视同仁，善于发现并放大同学们身上的闪光点，"太了不起了""太好了""太好玩儿了"是她的口头禅，她桃李满天下，她教过的学生大多自信、阳光，不管身处何方，境遇如何，都能乐观对待，向善、向真、向美。

人生七十古来稀。大多数人到了这个年纪，含饴弄孙，安享晚年。纪老师却像个爱学习的小学生，每日精进，不敢懈怠。摄影、绘画、唱歌、背诵古诗词……在近期的一次聚会中，纪老师给我们唱了一首今年大火的刀郎神曲——《罗刹海市》，别说唱了，要记下歌词都相当不容易。说她记忆力好，她着实秀了一把，《将进酒》《蜀道难》《琵琶行》《滕王阁序》《春江花月夜》等一字不差地深情朗诵，让我们这些学生汗颜的同时更加崇拜她，问她何能如此？她哈哈一笑说："我曾经连四个字的成语都说不到几个，我想这不行，人的衰老是从记忆力的衰退开始的，我必须强迫自己记东西。为了记住那些诗词歌赋，我运用联想法、绘画法等，没想到记忆力居然越来越好。哈哈哈……"

看着精气神倍儿棒的纪老师，我们问她养生的秘诀，她笑着说："我这人没心没肺，看我的微信名嘛，真宝猪，一只真的吃饱了的猪，哈哈哈，是不是有点儿二儿？一般人觉得特别珍贵的东西，比如名呀、利呀，在我眼里一文不值，那些都是浮云。别人认为没用的东西，比如喂鸟、摄影、读书、锻炼等，我却认为是最重要的，人各有志，不勉强自己，把自己活成自己，让别人做成别人，哈哈哈……"

同学的女儿结婚，师生又一次团聚。七十四岁高龄的纪老师跑前跑后地给我们拍照，称女士为"女生们"，称男士为"马骥们"，"嘴角上扬""看我头顶上方"……拍小视频，剪辑小视频，忙得不亦乐乎。与她在一起，大伙儿都乐开了花，心情无比放松。心理学家黄启团在《圈层突破》中说：如果一个人能够温暖他人，给人带来快乐，这样的人被称为"发光体"。而与"发光体"朋友相处，他们积极的言行举止，就能为你的生命充电。

纪老师和我们的合影照，几乎看不出真实的年龄差距。她的心理年龄可比我们年轻多了。

她就是这样一个纯粹的人，一个有趣的人，一个正能量满满的人，一个脱离了低级趣味的人。这样的良师，这样的益友，是一部常看常新的人生大书。

喜欢她的人间清醒。

## 如花似玉

如花似玉是母亲的微信名。

端午这天，天气甚好。天边微微露出红霞，晨风扫过田野，草尖的露珠轻轻地伸着懒腰，含苞待放的荷花在田田荷叶间伸出了它的天鹅颈。早起的鸟儿在车前欢快地飞上飞下。为了避开"早上文川，晚到勉县"的炙烤，我们一大早就回老家把母亲和弟弟接来，到哥哥家里一块过节。

"前几天隔壁静静给我弄了个微信，我不会用。"母亲半是欣喜半是羞涩，"哦，老妈你也用上微信了，还挺时尚的。不会不要紧，教学生是我的强项。"打开微信，扫了扫母亲的微信号，"如花似玉"，哈哈哈，母亲的微信昵称是如此光鲜水嫩，明艳动人。眼前这个发尖黑黑，发根几乎全白，额头长长的抬头纹与眉头间深深的川字纹零乱地交织在一起；看手机时，眼睛眯成一条线，嘴巴很配合地张着；一米七的个子，一百斤左右的七十六岁高龄的母亲，至今脸色红润，腰板挺直，走起路来，步履轻盈，年轻时，说她如花似玉也不为过。

"发微信，先找到要发的人，比如说给我发，先找到殷琦，点开，在这个地方写。你来试试。"眯起眼睛，张着嘴巴，准备发微信,"那我写啥呢?""想写啥就写啥。"母亲想写"吃饭了吗?"怎奈她写字慢,写的又是繁体字,跳到对话框里,是一串串不相关的文字,"我笨得很,学不会。""没关系,教你发语音。"母亲使劲按着"按着说话",脸憋得通红,说不出话,"想说啥就说啥?""云你吃饭了吧?""松手!"成功!云是我的小名,回放她发的语音,母亲又惊讶又兴奋地说:"这才怪呢,我说话怎么是这个声音,不好听。""好听好听,咱们又不是中央电视台的播音员。"再巩固一下,给哥哥发一个,"建军你们忙吧?""建军你们注意休息。"

　　前天在上海工作的侄子给我发微信说,他奶奶天天给他发图片。我给他说,你奶奶天天给我发语音,只可惜打开,没有声音,看来,这个学生还得补补课。

　　今天正好是周六,一早我们回去,第一件事自然是给母亲补课,"我笨得很,学不会。""不能说自己笨,是练习不到位。第一步,先找到这个绿点点,第二步……""试一试。""云你吃饭了吧?""建军你忙得很哦。""建军你甭太累了。"点开语音,发送成功,母亲开心地笑了。

　　吃过午饭,我们回家了,我给老母亲发了个语音报平安,很快母亲回话:"好,你们跑得挺快。"我给她点了个赞,她说:"你们别太累,按时吃饭,按时睡觉。"回放着母亲的留言,一股暖流涌上心头。在母亲的世界里只有她的儿女,儿女就是她的天,她的地,也许别人关注的是你飞得高不高,可她永远关注的是儿女们飞得累不累。

　　人世间最美好的语言是母亲的千叮万嘱,也许是絮絮叨叨,也许是语无伦次,它依然是最美的音符,它是母亲心中流出的一首爱的歌谣,百听不厌。人世间最温情的莫过于母亲叫着你的乳名让你回家吃饭,哪怕你已步入耄耋之年,那声声呼唤,飘过炊烟袅袅的农舍,漫过莺飞草长的田野,始终在耳畔响起。"谁言寸草心,报得三春晖。"能报父母恩,是我们最大的福报。

  从此,我的朋友圈里多了一个如花似玉。

# 这个女子有点不一样

就像歌词写的那样：长大后我就成了你。敏敏长大后和我一样成为一名人民教师。在我教的学生中，她给我留下的印象最深刻：斯文安静，一头蓬松有型的短发，永远一丝不乱，像极了央视新闻女播音员；衣着高雅、简约得体；阳光柔和，自带温暖。微笑中略带腼腆，说话声音小，好静不好动，在热闹的场合，她时常也会发呆，如入无人之境。走起路来灵动，脚步轻起轻放，一副乖乖女的模样。只有走近她的人，才会惊讶地发现她的与众不同。有人说她是宝藏女孩，我倒觉得她更像一部构思精巧、故事跌宕起伏的文学作品，不看到最后一页就猜不出结局。

她酷爱数学，像数学家一样，常常利用工作之余，做一些有挑战性的数学题。她觉得做数学题就是让大脑做体操，充满了乐趣，可以减压，非常享受，乐此不疲。

从初中转岗到小学，我都替她捏了一把汗，她所在的新学校是一所百年老校，也是我区的窗口学校，人才济济，她适应得了吗？她不善言辞，和新同事的关系能处好吗？事实证明，我想多了，她像变戏法一样，让班上的每一个学生都喜欢上数学课和她这个老师。一下课，同学们围着她，有问不完的问题，学校教师子弟也跨班跨年级让她给讲题。她总会四两拨千斤,让孩子们茅塞顿开,觉得数学简单有趣。她所带班级的数学成绩一直在全年级遥遥领先。一届届学生上初中了,他们还常常在老师下班的必经之路上"偶遇",梧桐树下就是临时教室,学生们把整理的难题、错题给她,她总是满心欢喜,答疑解惑。她说被需要也是一种幸福。

她课上得好,学校让她参加教学能手大赛,她着急得脸通红,语无伦次:"我、我、我不擅长上公开课,有大人听课,我紧张,我、我还是静悄悄地干些工作……"

她热爱读书,热爱学习,早年间就拿到了国家二级心理咨询师证。隔着屏幕给全校的学生做心理健康辅导,她不紧不慢,有条不紊,有案例、有理论,接地气,受欢迎。

最近的线上教学进行得如火如荼,昨天见到她,我问她当美女主播的体会,她微微一笑说,挺好的。她觉得和平时教学没啥区别,甚至她还发现了一些比线下教学还要好的地方。噢?果然是与众不同,愿闻其详:线上教学,因为是直播,听课的人除了学生还有家长、学校领导,仪式感更强,个人形象很重要,早早起床,把自己捯饬好。上课的内容更马虎不得,要提前制定学案、任务清单等,这样倒逼自己下功夫备课,业务成长也挺快的。别人都喜欢用平台上现成的课。但她发现现成的课有弊端,它注重的是结果,轻过程,学生缺少了过程,也就是说缺少了思考的环节,表面上你看他会了,但只是肤浅的了解,入不了大脑,很快就忘了,变个题型,变个说法,他就不会了,我每节课都给他们直播。可是这样会不会很累?也不累,磨刀不误砍柴工,让学生学会思维,知道知识点的来龙去脉,免得复课后还得热烫饭（饭凉了再加热）。线上教学还有个好处就是家长参与度高了，有的爸爸妈妈爷爷奶奶一起听，有个家长给我打电话说，她都听懂了，她孩子还没听懂，可见是孩子听课不够专心。知道了老师的不容易，今后会更好地配合老师的工作，家校合作也就落到了实处。最妙的是每天的作业，以前有的家长还以为他家孩子不错，现在看了别人家孩子的作业，高下立见，差距还不是一点点大。班上有两个不太爱交作业的，现在也改变了，每天早早地把作业交上来，字也写得越来越好了……

　　一晃几个小时过去了，那个平时不苟言笑的安静女孩，一直在兴致勃勃地"直播"，说起她的学生，说起她的教学，如数家珍。当然她也觉得自己不擅长交流，好多时候，对于别人说的话，她要么压根儿都没听进去，要么不知道该怎么回答，日子久了，人家不免觉得她有点与众不同。她说她也知道这样不好，但不知道该怎么改。说这番话的时候，她依然是笑微微的。

　　送走了敏敏，已是万家灯火时分，我独自在小院里散步，回味着她说的话，想着她的神态，回忆着她这些年来经历的林林总总的事，顺遂也罢，逆境也罢，她总是一副淡定自如，心如止水的样子，没有大喜大悲。想到这，我不禁怦然心动，这不是中国传统文化的最高境界吗？当今，人们匆匆地来，忙忙地去，久而久之，我是谁，我从哪里来，我要到哪里去？这个千年的哲学话题也抛之脑后！迷茫、焦虑、痛苦、内卷……身心两处，岂能安宁！

　　敏，我想对你说，是你守住了自己的精神家园，你的不一样，做最好的自己，是我等终身追求的。心静才能安康！

（写于 2019 年 5 月）

光阴里的故事

# 老师是好人

闲来无事,翻看朋友圈,我被一个桥段深深吸引住了。文案如下:每节课都会收到孩子们各种各样的礼物,今儿收到了煎饼。我:你怎么不吃呢?宝宝:我吃过啦,这是我让妈妈专门给音乐老师做的,音乐老师太瘦啦,妈妈做得好吃,真的是太实在的礼物了。文案配了六幅图:第一幅是一个煎饼;第二幅图是白纸叠的七只小船;第三幅图是黄色的四方形纸,上面写着"老师你要去哪里?老师是好人,老师是最好的人。"第四幅图是在心形纸上写着:"老师辛苦了,音乐老师辛苦了";第五幅图有老师、学生、蓝天、白云、大树、房屋的画;最后一幅是折叠的五彩小花。看着这些图画,我眼眶一热,多么温馨的画面!多么淳朴的表达!多么感人的师生情!

文案中的音乐老师是中山街小学的叶茜老师,认识她缘于2019年区级教学能手的培训会。坐在我对面的是个年近30岁的女老师,齐耳短发,眼睛明亮,爱笑,时尚,阳光,她给我留下了深刻印象。那一年,她过五关斩六将,以绝对优势获得"陕西省教学能手"的光荣称号。

区教研室常在中山街小学开展一些教学活动:优质课展示,

外出学习汇报展示，教案评比，师徒结对青蓝工程，赛教……每一次活动都会看到叶茜老师早早到场，帮着授课教师安顿学生，给与会者端茶递水，满脸笑容，谦虚温和。我逗她：茜茜老师这可不是音乐课，你来听啥？她莞尔一笑：我就喜欢听课，学科之间是相通的。我窃喜：你已经是省级能手了，为何还要这么拼？她不假思索：采人之长，补己之短，学无止境，永不停步，嘻嘻……那次交流，让我更加欣赏这个正能量满满的年轻老师。

通过朋友圈让我对她有了进一步的了解：她陪性格孤僻的学生看电影了；孩子们在她的课堂上积极发言、试唱，终于学会一首新歌了；"六一"之前，她给孩子编排节目，表演顺利……她与学生之间点点滴滴的小片段让人感觉很温馨。最让我牵挂的是她独自一人到欧洲去旅行。一路人在囧途，险象环生，但她用自己的微笑、智慧将一个个问题变成一个个美妙的故事。她用心、用情去发现一个美好的世界，让关注她的人，随着她美美地旅行了一个多月。

2020年9月她主动申请到徐望中心小学支教一年。徐望中心小学校园很美，学生近五百人，在农村算得上规模较大的学校。但这个学校和其他的乡村学校一样缺老师，尤其缺体育、音乐、美术老师。她去，孩子们自是欢喜，在她的朋友圈里看到的是：孩子们纯真的笑脸，下课后将她团团围着，她笑得也很灿烂。

一年的时间快乐而又短暂，听说下学期音乐老师要回城教书了，孩子们伤心得哭了，她们多么想留下这位美丽、纯真、活泼、善良的老师姐姐啊！是呀，在油菜花开的时节，窗外，蜜蜂嗡嗡采蜜，小麦在春风里悄悄拔节；窗内，琴声悠扬，歌声嘹亮，师生陶醉其中；在夏荷绽放的日子，校外映日荷花别样红，校内，孩子们身披盛装，精彩表演……多么美好的校园生活，但这一切，很快就要结束了，于是就出现了文章开头的情景。

"老师是好人"，多么质朴的语言！多么直白的表达！这对一个不善表达的农村孩子来说，需要多大的勇气！简简单单的五个字，但那是学生对老师的最高赞誉！它是学生心中情感的自然流露，干净而纯粹！它远远胜过那些拿腔作调、满脸堆笑、毫无走心的礼貌夸赞！

一个煎饼，一句话，几幅画，深深地打动了我。我在以叶茜为代表的90后的年轻教师身上，看到了阳光、正直、向上、向美的一面。她也让我看到了新时代教师的春风化雨、润物无声的温润美好；看到了春泥护花、鞠躬尽瘁的无私奉献；看到了播撒知识、传递文明的坚守；看到了"以德立身、以德立学、以德施教"的一批批"大先生"正意气风发地走向灿烂的未来。

老师是好人，永远，永远。

# 体面

娜娜，人如其名，身材婀娜多姿，肤白貌美，长发齐腰，在人群里是那种让人过目不忘的大美女。她和我是忘年交，相差二十多岁，但我很敬重她，她的善良、热情像冬日里的太阳，走到哪里都会给人带来温暖与舒适。

前几天她给我讲了一件事，让我想起了"体面"这个词。体面在字典里的意思之一是形容相貌或样子好看，美丽。它也让我想起了年轻时教许地山《落花生》时的一些情景。

父亲说："花生的好处很多，有一样最可贵：它的果实埋在地里，不像桃子、石榴、苹果那样，把鲜红嫩绿的果实高高地挂在枝头上，使人一见就生爱慕之心。你们看它矮矮地长在地上，等到成熟了，也不能立刻分辨出来它有没有果实，必须挖起来才知道。"

我们都说是，母亲也点点头。

父亲接下去说："所以你们要像花生，它虽然不好看，可是很有用。"

我说："那么，人要做有用的人，不要做只讲体面，而对别人没有好处的人。"

同学们对以上这几段话最感兴趣,对它的理解引起的争议也最多。

大多同学说:做人就要做花生那样的人,不好看却很有用,不能像桃子、石榴、苹果那样爱炫耀自己(这是多数老师要的答案);也有个别同学会站起来反驳:难道桃子、石榴、苹果体面有错吗?它们没有用吗?这些水果外表光鲜,营养美味……每一届学生都要针对这一问题展开讨论。每每我对同学们讲:你们的见解都有一定道理,但是考试的时候不能自由发挥,同学们会心一笑,大家都懂得。

娜娜到底讲了一件什么样的事呢?

立冬的前几天,一个冷雨飘洒、寒风呼啸的傍晚,在大河坎一个十字路口,两辆货运车"哐当"一声撞在一起,其中一辆货车装了满满一车苹果,瞬间,马路上到处滚的都是苹果。这是一处交通要道,过往的车辆、人流对地上的苹果是一个致命的打击。娜娜赶巧路过事发现场,当她发现两个驾驶员从车窗里爬出来,确定人员身体没有大碍,抢救苹果是第一要务,当时已经有人把苹果往自己包里装。"各位哥哥姐姐,帮帮忙,把地上的苹果捡起来,疫情期间,大家都不容易。"娜娜抓了一大把袋子,分发给围观的人。她微笑的面容,诚恳的态度,不容置疑的语气,指挥着大家弯下腰,将散落在雨里、树叶上的苹果一一捡起来。

夜晚的寒露渐浓,捡苹果的队伍越来越壮大,有步履蹒跚的老人,有活泼天真的小孩,有穿着考究的,有着装随意的……地上的苹果渐渐少了起来,司机同志紧锁的眉头渐渐舒展了一些,弯腰鞠躬一个劲地说:"谢谢!谢谢!我遇见好人了。"

计划永远没有变化快,这个司机是城固人,跑货运。在洛川拉了一车上好的红富士苹果，准备卖个好价钱。兴冲冲回到汉中后，谁知道城固因疫情封控了，有家不能回，只好在大河坎一带销售，没想到竟发生了这样的糟心事。车损不说，光这苹果，哎，货卖一张皮。阴云从司机脸上再次掠过。娜娜看在眼里，记在心里，一个念头从她的脑海里蹦出，将好事做到底！"南来的北往的叔叔阿姨们，哥哥姐姐们，在此我代表司机谢谢你们的善意，司机是城固人，让我们再帮一帮他，买点苹果带回去，帮人就是帮自己！送人玫瑰，手有余香。谢谢！""卖苹果咧！新鲜的洛川苹果便宜卖，四块钱一斤！"娜娜站在道沿上大声吆喝着，认识娜娜的人都知道她在做好事。你五斤，他十斤，娜娜又当起了收银员。司机笑了，路人笑了。

　　围观的人渐渐散去，司机满心欢喜地数着钞票，连同微信付款，一共六千多块钱。娜娜把剩余的一百多斤全部装入自己车后备箱里，司机坚决不收她的钱，旁人也说这姑娘从晚上八点多忙到夜里十一点多，没有她，不会有这么圆满的结局。娜娜微微一笑："区区小事，何足挂齿，谁还没有个困难的时候？"司机深深地给娜娜鞠了一躬："好人一生平安！"

　　"姐姐你知道吗？第二天我挨着给我二爸、三爸家送苹果，他们也挺高兴的。"娜娜言语中透出的是给予后的幸福和快乐，眼里闪烁的是人性的光辉。

　　如果让我现在再去上许地山的《落花生》一课，我会给孩子讲：花生外表朴实有用很可贵；桃子、石榴、苹果鲜红嫩绿，外表光鲜，营养美味有用也很可贵，内外兼修锦上添花，岂不更好！

光阴里的故事

## 海鸥妈妈

初冬的汉江河,薄雾轻绕,调皮的风儿吹着口哨,四处游玩,河水一改往日的活泼,静静地不分昼夜地流向远方。人们轻快的脚步伴着岸边飞舞的树叶,和着一股股暖流,涌向心田:新闻头条、汉中电视台、汉中电视报相继报道了一群中老年朋友,自发投喂海鸥的事迹。汉中版的《老人与海鸥》温暖了汉中,感动了世人。

"2009年,汉江桥闸开始运行,小家伙们就飞来汉中过冬,当时只有20来只,从此我们便与它们结下了不解之缘。第一次在远离大海的地方看到海鸥,很是新奇,机灵又可爱。喂点东西给它们就非常喜欢和人们互动,我手机里就有很多海鸥的照片。"面对记者,被誉为"海鸥妈妈"之一的纪玲老师,如数家珍,侃侃而谈,对海鸥的喜爱溢于言表。正如纪老师说得那样,她是汉中第一批接触到红嘴鸥的幸运者,从此她和伙伴们成了这些小精灵的好朋友。

那是七年前的冬天,我和女儿、周志峰同学一道去看望敬爱的纪老师。她兴奋地让我们看了许多自己拍的海鸥照。照片中的小精灵,有的展翅于碧空下,有的轻掠于绿水间,时而在游人手里觅食,时而在喷泉桩上发呆。看着我们好奇的眼神,纪老师像当年上课一样给我们科普:"红嘴鸥俗称水鸽子,体形和毛色都与鸽子相似。嘴和脚皆呈红色,身体大部分的羽毛是白色,尾羽黑色。红嘴鸥数量大,喜集群,一般生活在江河、湖泊、水库、海湾。(在中国)繁殖于西北部的天山西部地区及东北部的湿地。主食是鱼、虾、昆虫、水生植物和人类丢弃的食物残渣。"

从交谈中,我们明白了人们为什么称她们为"海鸥妈妈"。从她们发现红嘴鸥的那一天起,一日三餐喂养,雷打不动,风雨无阻,如果自己实在有事去不了,提前委托别人照看,千万不能慢待了这些远道而来越冬的吉祥鸟。

吃罢午饭,我们带了海鸥喜欢吃的锅盔馍、面包、牛肉丁等食物来到了汉江边。此时的汉江河沐浴在冬阳里,波光粼粼,忽隐忽现的小黑头,那是野鸭们在觅食嬉戏,想必高楼大厦的倒影里一定会有成群的鱼儿在追逐、游玩。岸边游人如织,享受这难得的休闲时光。

"嘀——嘀——"纪老师拖着长音呼唤,精灵又可爱的小家伙们像是听到了集结号,三只,五只,无数只,从彼岸,从江中,从东边,从西边,眨眼间就呼啦啦一大片从天而降。它们一边啄着我们手中的美食,一边发出"咕咕"的叫声,像是出门回家的孩子,兴奋地给妈妈讲自己有趣的见闻,又好像说"谢谢妈妈又给我们准备了这么丰盛的午饭,太美味了!"我们几个被海鸥团团包围了,游人们驻足欣赏这一幅温馨浪漫的画面,他们拍照,记录下这美好灵动的瞬间。第一次和这些活泼可爱的小家伙亲密接触,心中的喜悦难以言表。我在心里默默发了愿心,只要有时间,我一定要做这些小可爱的"妈妈",关心呵护它们。

幸福快乐的日子总是这样短暂，"别日南鸿才北去，今朝北雁又南归。"转眼小半年的时光就这样悄悄地溜走了。

"天街小雨润如酥，草色遥看近却无"。当人们还沉浸在过春节的喜悦中，早春却早已悄然而至。天渐渐变暖了，海鸥要走了！相伴了整整一个冬季的海鸥要走了！纪老师心里五味杂陈，这一去就是半年，山高水长，前路漫漫，怎一个"挂念"了得！看着渐渐飞远的朋友，"海鸥妈妈"已是泪流满面，再见！冬季再见！一连十几年，年年都要上演这一幕人鸟分离剧。

当芦苇花再一次让汉江湿地公园成为网红打卡地时，当大雁又一次往南飞时，纪老师天天到江边徘徊又徘徊。她像慈母等待远行的孩子，又像痴情的女子等待久别的恋人……风里雨里，我在这里等你！终于有一天，那天外"小人儿"回来了，纪老师把她酝酿了多日的感情和盘托出，兑换成无数个温暖时光。

一年中近五个月，一百五十多天，刮风也罢，飘雪也罢，她天天到江边打卡，用她弹钢琴、写大字、写美文、拍大片的手喂着这一群小生灵。用她播音、讲课的教授水准与这些小家伙对话、交流……

生命是个回力板，你付出什么，便收回什么，十几年的坚守，海鸥的队伍从二十多只发展成如今的两千多只。每年冬天到汉中看海鸥已是西安、四川等地人的常态。

季节更迭，岁月如歌，小海鸥见证着汉中的变化，山更青了，水更绿了，"海鸥妈妈"更多了。

# 海鸥，海鸥，你是我们的好朋友

沐浴在冬阳里，漫步在汉江河畔。远山的轮廓清晰地映入眼帘，江面波光粼粼，几只黑色的野鸭，或静静地漂在水面晒太阳，或"哧溜"一下潜入水中，荡出几个小圆圈，当湖面再一次恢复平静，几米开外，它冒出小脑袋，甩一甩头，回首张望，向它的同伙游过去。岸边游人越来越多了，有的遛狗，有的推着小宝宝，有的陪着老人……草地上，有打滚的，有奔跑的，有打球的，有静坐的，有聊天的……汉江河畔成了汉中人休闲娱乐的好去处。

我在音乐喷泉那寻觅着红嘴鸥，静静的江面上哪有它们的踪影？沿着河堤向东走，一位老者，手提干粮，坐在石椅上，向远处眺望，我断定他是"鸥盟"的，上前咨询，果然不错。他告诉我，每天喂两次海鸥，十二点一次，下午四点五十一次，除此之外，它们都飞到别处去了。距离下个"饭点"还有两个多小时。

我们走到演艺广场下边时，这里早已聚集了一群人，他们有拿锅盔馍的，有拿牛肉的，有拿鱿鱼的，也有拿着政府职能部门统一配送的面包的，我也把自己带的干粮交给"海鸥妈妈"，她穿着红棉袄，戴着红帽子，黑黑的脸上，有一双明亮的眼睛，对着那些激动不已的游客劝道：这会儿别投食，不要打乱它们的饮食规律。我质疑：海鸥吃肉吗，吃海鲜吗？旁边一位"海鸥爸爸"毋庸置疑地接茬：海鸥当然是要吃肉的，海鸥在海上生活的时间长，它一定爱吃海鲜。等待一睹海鸥"芳容"的人越来越多，摄影爱好者早已支起三脚架，选择最佳角度，希望有佳作呈现。写生的，远远地打开画板，先画环境做铺垫……

我在人群中一眼看到了纪老师，她还是那样有激情，她说今天自己带的"粮草"多，让我喂个够。另一位"海鸥爸爸"知道我是纪老师的学生，热情地给我讲解海鸥的生活习性和关于海鸥的故事。

有一年冬天的早上，天特别冷，大雾笼罩着江面，打捞水中杂物的工人，对着江岸喊："喂！你们家的海鸥受伤了！"听到海鸥受伤了，岸上的"海鸥爸爸"很是着急，马上给外科医生朋友打电话，一台紧张的手术在医生家里开始了。原来海鸥被鹞子抓伤了，肠子都露出来了，多处受伤，缝了二十几针，手术历时一个多小时，手术后"海鸥爸爸"把虚弱的"儿子"领回家，精心照料了两天，怎奈它伤势太重，还是走了，"海鸥爸爸"含泪把它埋在江边。另一只海鸥也是河道工人发现的，伤势不重，只是腿被人打折了，他把海鸥带回家，给食物里拌了消炎药，精心饲养，两周后伤口痊愈，腿却永远折了，看着它又回到集体怀抱里，心里又欣慰又难过。"海鸥爸爸"身材魁梧，说起海鸥来，竟也温情脉脉。

"快！快看，它们来了！""海鸥妈妈"喊道，"在哪里？"宽阔的江面上，还是先前那几只海鸥，自由自在地游玩，突然天空中的白点越来越清晰，定睛一看，一大群"白衣仙子"正翩翩飞过来,"鸥……过来吃肉。""鸥……过来吃面包。""它叼着了!"海鸥在人们头顶盘旋,发出"嘎嘎"的叫声,有的一个俯冲,叼起食物贴水而飞,有的在空中定格,只消"守株待兔",有的从同伴口中夺食,你追我赶……

我带的"粮草"用完了,继续用纪老师带的"粮草",取食,挥洒,那一刻,我似乎也变成了小海鸥,欢愉无比,此时我深刻领会了纪老师之前说话的含义:"无欲向善,就是好的修行,做慈善的是海鸥,它们给我们带来的欢乐,是任何金钱都买不到的!"

"鸟王!看!鸟王来了!"只见海鸥的外圈,一只灰色的鸟,体形健硕,飞得沉着威严,目不斜视,眼光犀利,悠悠地向前滑翔,这边懂事的"孩儿"们,赶紧把食物给老人家送到嘴里,鸟王慢条斯理心安理得地享受着它的"臣民"们的"进贡"。此刻的汉江河岸,海鸥们是"明星",是"主角",人们用自己喜欢的方式留下那难忘的瞬间。

"海鸥海鸥,我们的朋友,你是,我们的好朋友,当我们坐上船儿去出航,你总飞在我们的船前船后。你扇动着,洁白的翅膀向我们,快乐地招手……"河畔传来甜美的童音。

夕阳西下,江面披上了一层红纱,倒影里,高楼是红色的,海鸥也是红色的。

# 收废旧的人

从阅府烤鸭店顺着左手一拐,穿过一条小巷子,上得一个小土坡就来到了与西关后街垂直的小胡同。小胡同南端,有三间平房,一间做厨房,另外两间是废品收购点。

每次路过,老远就会听到从那里传出的流行音乐。许是音乐的高雅与收购点的特殊环境形成了强烈对比,让我留意了起来这个收购点。收购点不大,它没有一般废品收购点的杂乱无序。

每天早早地,老板就放起音乐,边听音乐边归纳整理他新近收购的纸盒子、酒瓶子、废书废报、废铜烂铁、旧塑料等。听到熟悉的旋律,他也会放声吼上几句。屋内旧物分门别类,门前街道干干净净,时有小货车装了满满的纸箱子等物品,准备往外运送,感觉收卖两旺,生意还不错。

老板是个皮肤黝黑的中年汉子,中等身材,微胖,留着小平头。夏天喜欢穿一件白褂子,下身着一条深红色的宽松大裆裤,裤口用黑带子紧紧地束起来,脚蹬黑色布鞋,别的季节把白褂子换成对门襟盘扣的夹衣或棉袄,一副武林高手的装扮。

说他是武林高手,一点也不假。日出东方,霞光里,伴着电影《少年寺》的主题曲:日出嵩山坳,晨钟惊飞鸟,林间小溪水潺潺,坡上青青草……只见他手持长棍,腾空跃起,扫腿侧翻,左冲右挡,以攻为守。有时他会挥舞鞭子,"啪啪"声在头顶响起,鞭子如银蛇起舞,呈现出各种造型。滚圆的身子灵巧极了,莫名地让人想起少林寺的僧人在做晨操,或是武松在景阳岗抡起哨棒奋力击打吊睛白额大虫的情节。暮色里,他双手合十,微闭双眼,金鸡独立,偶尔也会蹲马步,一副勿我两忘、沉醉于当下的样子。

练完功,舒展了筋骨,他又撸起袖子干起自己的老本行。称秤,付款,送走交废旧的人,哼着歌儿归纳、整理……工作告一段落,他抖落掉身上的灰尘,端个大白瓷缸子,边喝水边和巷口的几个中年妇女聊天,不知说了些什么,大家都笑得前俯后仰,有一个大妈边笑边指着他说:你太坏了!说话太损了!哈哈哈……他自己也笑得"花枝乱颤",五官挤在一起,露出一口白白的牙齿。

有一次,天下着毛毛细雨,老远就看着他盯着前方,以为他在练站桩,走近一瞧,原来他在往木耳菜架子上掷扑克牌,他先瞄着目标,手起脚抬身子向前倾,扑克牌像离弦之箭,"嗖"地一下飞进木耳菜架子,当然落在地上的居多。我们在西关后街转了个一周二圈,回家时他仍然兴致勃勃地掷扑克牌。至于小雨打湿头发、衣服,路人的观看,他全然不觉。

这个外表敦实的中年人,姓甚名谁,在此营生了多少年?不得而知。但他给了我许多关于生活的思考,比如幸福到底是什么,是金钱吗?有人说世人慌慌张张,只为碎银几两,偏偏这碎银几两,能解世人惆怅。碎银真能解世人万千惆怅吗?如果是,大观园里的林黛玉锦衣玉食,应该无忧无虑,一觉睡到自然醒才对，为什么她却写下："孤枕床，花妆泪，念尽心中相思。冬日暖，雪梅残，西风萧瑟寒。香樟树，连绵雨，冷影弄清舞裤。窗瓦上，落尘声，倚斜听到明"。她终究抑郁而死。

幸福到底是什么呢？古圣先贤早已经给了答案。

小和尚问老和尚：师父，您开悟前每天做什么？老和尚：挑水、劈柴、做饭。小和尚：开悟后呢？老和尚：挑水、劈柴、做饭。小和尚：那开悟对您来说没有任何改变啊？老和尚：开悟前，我挑水的时候想劈柴，劈柴的时候想做饭。开悟后，我挑水的时候想挑水，劈柴的时候想劈柴，做饭的时候想做饭。

就像老和尚开悟前，大部分人每天都是这样忙碌而慌张地过着。心存杂念，不能专心。挑水的时候想劈柴，劈柴的时候想做饭。最后水洒了一地、劈柴不好、饭也做不好。

距今500多年的王阳明在龙场悟道，有诗云："人人自有定盘针，万化根源总在心。却笑从前颠倒见，枝枝叶叶外头寻。"这首诗告诉我们，只有真正沉入到自己的内心，发现内心的价值，倾听内心的声音，按照内心的指示，我们人生的目标才能实现，才能获得幸福感。

也许收废旧的人不曾听过关于劈柴、挑水的禅意故事，也许他不曾读过王阳明的心学，不懂知行合一，不懂致良知，不懂往事不究、未来不惧，但他却做到了安静地活在当下，专注于手头的事，遵从自己内心的想法，不纠结，不焦虑，不患得患失，把每个平凡的日子过成自己想要的模样，哪怕生活是一地鸡毛，他也会把鸡毛一一捡起扎成鸡毛掸子，拂去尘世间的浮躁。

当再次看到那个收废旧的人，我投去了敬佩的目光。

# 山村校长

花开半夏，在最美的六月天，友人相约，我们一行五人来到了网红打卡地——留坝县火烧店。火烧店中心学校的校长是朋友同学的哥哥——张素春。

当我们走到校门口时，一个高大、黝黑的中年男子早已等候在那里了，如炬的眼光透露出的是坚毅、正直，微微上扬的眉毛给人留下的印象是自信和阳光。相互介绍寒暄后，我们走进了校园。火烧店中心学校坐落在火烧店街上，它是一个集幼儿园、小学于一体的寄宿制学校。学校正在进行修建，操场在学校的后面，不大，但布局合理，绿色的人工草坪，在蓝天白云下显得格外醒目。操场后面的大山将学校轻轻揽于怀中。校长室兼会议室在三楼，面积不大，放了三张办公桌，两个沙发，简单随意。

在交谈中我们得知张校长是1990年考入汉中师范学校的，也许是校友，关系一下拉近了许多。他自信地告诉我们，他上学时酷爱体育，长跑、短跑成绩至今在汉中师范校史上无人超越。汉中师范毕业后分配到火烧店中心学校，扎根山村，坚守30年。让他最自豪的是组建了火烧店校园足球队，留坝的足球队在全省闻名遐迩，正是在他和他哥（在留坝中学任教）两弟兄手中组建、成长起来的。之前只知道陕西足球界有这样一个说法，北有志丹，南有留坝。在百度中搜了一下留坝张素春，一下蹦出了许多新闻，其中一条是"2015年的一天，秦岭深处的留坝县城传播着一条喜讯：12岁的留坝县女孩师晓敏，入选新一期女足U14国家集训队。当时她也是陕西省唯一入选的集训选手。"

当我问及师晓敏，张校长兴奋地告诉我，师晓敏是留坝县火烧店镇人，2003年1月出生。接触足球之前，师晓敏是一名性格内向的留守儿童，她小学四年级开始踢足球，在学校球队里，师晓敏的位置是前锋，从四年级到六年级，师晓敏和其他同学几乎每天都坚持在课余时间踢球，她的天赋逐渐显露出来。"速度快、协调性好、反应快，踢得很不错。"张校长连声称赞。

足球改变了这个山区小丫头的命运，从火烧店小学毕业后，她2014年9月进入陕西省少年体校学习。张素春校长回忆说，师晓敏入选女足U14国家队后，省上的教练还专门打电话向他表示祝贺，感谢他培养了师晓敏这个好苗子。师晓敏的成功极大地调动了火烧店的孩子们踢足球的积极性，给了他们信心，山区孩子只要足够努力，方法得当，照样可以踢出留坝，踢出陕西，进入国家队。小小的足球还撬动了当地的乡村旅游，如今的火烧店是人们休闲、旅游、避暑的好去处。

什么是教育？什么是好的教育？全国政协委员、江苏省锡山高级中学校长唐江澎在"委员通道"上的一席话刷屏全网。唐校长表示，好的教育应该是培养终身运动者、责任担当者、问题解决者和优雅生活者。张校长用自己的行动践行着好的教育：培根铸魂，启智增慧，给孩子们系好人生的第一颗扣子，文明其精神野蛮其体魄。共同的教育情怀让我们交谈甚欢，相见恨晚。

　　晚霞将山林涂上了一层金辉，空气中弥漫着栀子花的清香，我们沿着河岸向上走，清澈的河水发出了欢快的笑声，俏皮的小鸟在前面忽飞忽落，这段时间来的所有疲惫一扫而光，眼里、心里皆是美好！

## 善良是你的护身符

曾经看到过这样一句话：善良的人从不求回报，却自有岁月的打赏！深以为然。

阿莲是我的同学，也是我的闺蜜，更是我的好妹妹。

1984年我们相识于汉中师范学校。那时她是个小胖胖，冬天穿一件红色短款的羽绒服，像极了宇航员，整天快活得似一只小鸟，热情开朗，充满了青春的活力。走到哪里，哪里就传来富有感染力的爽朗的笑声。开学才几天，同学们都记住了她，神奇的是她居然记得住班上每一个同学的名字和学号。几十年后同学们聚会，当好多同学都模糊了对方的姓名时，她依然像当年在学校那样，一口清叫出同学的姓名和学号。现在想来，也许因为她是团委书记的缘故，也许是她做人的用心。要知道那时的我们，不管是男生还是女生，之间基本上不说话，交往就更少了。出早操、打扫卫生、办板报，她一马当先，她是我们84级（1）班的一张名片。

她在全校出名是在田径运动会上，包揽了班里长跑、中跑、短跑项目。她一跑，我们班同学不约而同地喊："加油！胖胖！""胖胖，加油！"接下来全校的同学一起喊："加油！胖胖！""胖胖，加油！"那声音充满了青春的气息，响彻云霄。领奖台上她张开双臂感谢大家的热情助威。渐渐地大家叫她"胖胖"时，去了揶揄，多了一些肯定和喜欢。

要放寒假了，洗被子、缝被子对我们来说是个大工程。水太凉，被子太大，用手搓，没有半天是洗不好的。阿莲先给班上的男同学帮忙洗，后来给外班的同学洗，给学兄洗，一洗就是一个晚上，三九天，一个人在室外的水池边，连续一个多星期，为此，班上的同学视她为亲人。多年后，校友一见面，人已恍惚，却记得：你就是当年那个给同学洗被子的胖女子？

汉中师范三年级的时候，她表情变得丰富起来了，有时阳光明媚，眉眼含笑，有时阴云密布，垂头丧气。晚上熄灯铃响了，她会钻进被窝里在手电筒下看书、写东西。"呜呜"的哭声虽然压抑着，但在夜深人静时，还是格外清晰。第二天，她眼睛肿得像桃子，宿舍里的姐妹也不敢多问。慢慢地知道阿莲喜欢上外班的一个男生。我和洪同学意见高度一致：那个男生不靠谱，和你说话，说半句留半句；要么眯起眼睛盯你一眼，要么把眼睛闭上，半天不吱声；笑起来没有声音，只见嘴是咧开的，高深莫测，捉摸不透，一看就知道和她不是同类人。但爱情太魔性，它把人变得愚笨、偏执。也许这就是宿命吧，阿莲和那个人恋爱了，毕业一年后结了婚，生了孩子。

阿莲从山区县调到平川县，她的能力很快得到当地领导的认可，被任命为一个镇中心小学的校长。她为了重建校园，跑项目，筹措资金，和一帮糙男人拼酒也是常有的事。正当她事业干得风生水起的时候，那个一肚子花花肠子的丈夫频频出状况：出轨，家暴，赌博。多方调解无果，离异。离婚时和她结婚时一样，一个箱子，一个人，净身出户。房子人家要给儿子，儿子男方要了。

　　她把对儿子的思念，对婚姻的失望全部转移到工作中。她组织师生开展丰富多彩的校园活动，在活动中默默改变着学校的学风、教风、校风，多次受到市县级领导的认可和嘉奖。她的能力、人品、格局赢得了同事和家长的认可，他们把她当成亲人，节假日纷纷邀请阿莲到家里做客。那家人却不舒服了，再生幺蛾子。孩子的爷爷奶奶跑到学校，抱腿、辱骂、造谣。几个月天天如此，严重地干扰了学校的常规教育教学，教育局了解了这一情况后，把阿莲调到城里的一个学校当校长。阿莲所在的县山区多，平地少，进城难以上青天。不了解情况的人问她，找了哪个大领导，送了多少钱？她说一分钱都没花，要说帮忙，孩子的爷爷奶奶倒是帮了"大忙"。

　　孩子上大学了，男方不管了，工作结婚更不管了，离婚时的房子，人家出租了，不给。阿莲一咬牙给儿子按揭了一套婚房，她一个月不足六千元的工资，面对天文数字的房价，她需要一颗多么坚强、勇敢的心啊！儿子婚礼上，阿莲婀娜的身段着一袭深红色的旗袍，高高盘起的长发，显得端庄、高雅，微微一笑，露出贝壳一样的牙齿，生活虐她千万遍，她待生活如初恋。敬酒时，阿莲、儿子、儿媳其乐融融，客人们，尤其是同学们深深地祝福她，幸福、安康！

　　非常喜欢余秋雨的这段话：无数事实给了我一个结论，人间纷纷，千姿百态，但是，最稳定的光彩、最广泛的信任、最安全的选择、最难言的嘱托，永远只会交给善良。善良，是人类生存的最后一道护栏，最后一个理由。是的，你不一定去烧香、去拜佛，也不一定吃斋、放生，拥有善良足矣，因为善良是你的护身符！

三、光阴里的隐形翅膀

# 读书可以给你一个好人生

初识卢慧杰是七八年前的事了。

那天,我在凯华复印部办点业务,郑老板办公室里坐着一位中年人,微胖,河南口音。郑老板给我们相互做了一番介绍,知道他叫卢慧杰,搞古建筑的,正在出一本建筑方面的书。他很和善,说最喜欢和文化人打交道,此后再无联系。

今年夏天有幸认识李振峰先生,读了他写的《布衣大匠——卢慧杰》,让我对卢先生有了一个全面的了解:少年苦难,酷爱读书,当过木匠,古建专家,三峡搬迁,名扬天下,藏书十万,文韬武略,跨界大王。一个家庭藏书十万册,我很震惊,那会是一幅多么壮观的景象。

在一个雨过天晴的日子,空气里到处弥漫着桂花的芳香,在郑老板的带领下,我终于见着庐山真面目了。一栋房,四层楼,除了生活必需品,全是书。书的类别很齐全,古今中外,文学、艺术、医学、水利、历史、哲学、农业……林林总总,让人眼花缭乱。最吸引人的是古建筑古遗址文物考古方面的书籍,量大系列成套,占据整整一面墙壁,有的如叠好的床被大小,重达几十公斤。卢先生介绍说,近20年全国所出建筑书籍无一遗漏。他的天井小院入户门框上有陈忠实先生亲自书写的"数百年旧家无非积德,第一件好事还是读书"的木质红色对联;门楣上有中宣部颁发的"读书之家"牌匾;墙壁上有各路文化人题的字。他依然是那样的谦虚低调,临别他赠送了两本书给我,一本是他姐卢桂兰写的《岁月印痕》,另一本是他自己写的《卢慧杰古建筑三十年随笔》。他特别强调要先读姐姐的书,姐姐写得好。

我几乎一口气读完了《岁月印痕》,卢桂兰出生在河南平县一个穷苦的小山村。因为是女孩,父亲在她7个月大的时候离家出走,再次相见已是17年以后,且已在湖南重新成家。母亲在她7岁的时候,做了一个惊世骇俗的决定,送她去读书。满脑子封建意识的爷爷坚决反对,爷爷对儿媳说:家里连买盐的钱都没有,哪有钱供一个小闺女上学?上来上去还不是人家的人?卢母敢作敢为,她认准了要做的事情,别人很难挡住。她纺线、织布、卖鞋供女儿上学。卢桂兰求学的路跌跌撞撞,曲曲折折,几度中断,在同学、亲戚的资助下,1962年终于上完了大学。从西北大学历史系考古专业毕业后,分配到陕西博物馆。她由讲解员干到陈列部副主任、保管部主任、陈列部主任,从普通馆员升到正研究员(教授)。曾经接待过国内外多位领导人,渊博的文博知识赢得了业内人士的好评。

打开《卢慧杰古建筑三十年随笔》,首先是汉中市人大常委会原主任、诗人、作家郭加水先生写文"中州汉子",说慧杰"是一个命运多舛、遭际坎坷的苦人;一个嗜书如命、肚里藏'货'的文人;一个善于守拙、不显山露水的能人;一个走南闯北、敢于问鼎古建领域的奇人。""这是一本题材别致、图文并茂、夹叙夹议,融历史、地理、文化、艺术、建筑、诗词、绘图、摄影于一体的百科大全""从书中你可看出他知识面之广、古建筑工艺之精、涉猎门类之博、学艺道路之艰、行文布局之畅。你不得不承认一个没有文化、缺少知识的人是做不得古建工艺的,更是不可能写出这本书的。"第二篇是王蓬先生为此书作序《一位奇人与一部奇书》:"这本书让我们读出了……(卢慧杰)经历曲折不屈不挠成为古建专家的传奇人生;读到了一个文物古建筑领域蕴含丰富、多姿多彩的传奇世界;最后,会庆幸自己阅读这本给人启迪,给人教诲,也给人无尽想象的厚重的大书。"

  他承建工程不下百项,这本书记录了60多项。我们看到了件件都不容易,都是他的心血之作,都是常人难以企及的优良工程!"鲁班奖""优质"或"优良"绝非轻易可得,他给国家、社会和世人,创造了看得见摸得着、大家都称道的辉煌建筑,使国人赞叹自豪的文物瑰宝永久存续焕发光芒!还有,每项工程完毕后留下的高度赞誉和良好人缘,也是难能可贵的。

  掩卷沉思,卢家姐弟俩的人生轨迹,是谁改变了他们的命运?当然与母亲的智慧坚韧执着、个人的勤奋努力分不开,但最终指向的都是知识。读书给了他们兄妹俩一个好人生。知识改变了卢家乃至整个家族的命运。

# 读书的力量

　　丁校长给我讲了一个故事，一个关于读书的故事：他们学校初二有个学生，调皮捣蛋出了圈，"后进生"的特质在他身上呈现得可谓淋漓尽致：逃课，不交作业，在家顶撞父母，在校顶撞老师，课堂上洋相百出，扰乱教学，欺负同学更是家常便饭。政教处是他常去光顾的地方，但前脚出门，后脚又惹是生非。代课老师头疼，班主任更是恼火，软硬不吃，油盐不进。

　　在又一次犯错误之后，班主任无可奈何地将他送到丁校长办公室，转身气冲冲地走了。面前这个少年，满脸稚气，眼神中却充满了挑衅：你校长又能把我怎么地？他手插在衣兜，脑袋偏在一边，一副天不怕地不怕的样子，撇着嘴等待着丁校长的"循循善诱"。丁校长静静地看了他两分钟，指着沙发说："同学，你请坐！"他先愣了一下，进而摇摇头，手从裤兜里抽了出来，"没事，请坐。别紧张，咱们今天随便聊聊天。"听到和他聊天，抵触的情绪缓解了许多，聊天谁不会呀！他们聊天的话题很宽泛，他的家人啦，个人爱好啦，喜欢的歌手……刚开始的交流是挤牙膏式的，一问一答，渐渐地，这个孩子的话多了起来：其实他也不喜欢现在的自己，想改变，但落下的功课太多，老虎吃天无处下爪。再说家长、老师、同学都不怎么待见他,他在他们的眼里,是出了窑的砖——定了型了。哎,一言难尽……

凭经验丁校长觉得时机差不多了:"从交流中我看出你是个聪明的孩子,有思想,有个性,只是以前贪玩,功课落了一些,不过不要紧,我给你支个招,只要你按照我说的去做,保证你不出半学期,成绩慢慢地会提升,家长、老师、同学一定会喜欢你,你也会慢慢喜欢上自己。""是什么招?"声音很急切,男孩眼里有一束光划过,"今天就到书店里去买一套路遥的《平凡的世界》。"看着他睁大了眼睛看着自己,丁校长喝了一口茶,不紧不慢道:"书买回来,每天看10页,每周星期一下午到我办公室,给我分享你读书的内容和感受,你能做到吗?""就这么简单!可是……"他挠挠头发,嘴角嗫嚅了两下,难为情道,"可是我一看书就想睡觉,不睡觉也坐不了10分钟。"丁校长面带微笑:"就这么简单!你试试,每天千万别读得太多,就10页。如果你觉得累,10页书可以分成几个时段读。""我就怕坚持不住。""不试试,你怎么知道自己的潜力有多大?"少年抬起头,坚定地说:"丁校长,没问题,我下午就回去买,今天晚上就开始读。"走了两步,男孩回过头,对丁校长微微笑了一下,算是说再见。

"后来呢?"我迫不及待地想知道结果。丁校长继续讲,随着进出丁校长办公室的次数的增多,这个孩子一点点变了,偶尔被请到政教处,课堂上也不太爱出风头了,安静了许多,看来他从书中汲取了前行的力量。

过了一个多月,这个孩子兴冲冲地跑到丁校长办公室:"丁校长,您好,书我看完了,太好看了,我最喜欢主人公少平了,人家在那样艰苦的条件下,选择了奋斗,选择了担当。我有什么理由不好好学习，以前真是糊涂、不懂事呀！"说完这个孩子竟然红了脸。丁校长语重心长道："是呀，读书可以使人获得最珍贵的五种财富：一是洋溢在容颜上的自信，二是融化在血液里的骨气，三是打造进灵魂中的信念，四是蕴藏在心底里的梦想，五是丰盈在大脑中的知识。你看这是我给你列的书单……"

丁校长讲的故事，让我想到了巴菲特。他年少时极为叛逆，逃学，偷东西，无所事事，是一个"问题少年"。而他命运的转折点，就是读到了格雷厄姆的经典之作《聪明的投资者》。他被书中的理论深深吸引着，一改往日的不学无术，把精力都投入到投资理论研究中，并且通过实践，赚到了第一桶金。他写信拜格雷厄姆为师，跟他学习价值投资理论。在老师的指引下，巴菲特成立了如今市值七千多亿的伯克希尔公司。从一个不被看好的"问题少年"到世界首富，命运的转折得益于导师的书籍和悉心教导。人生路上，谁都有迷茫困惑的时候。一本好书，良师的三两句指点，便能帮你破除迷障，重新找到方向。

非常喜欢这样一段话：人为什么要读书？物质的贫穷能摧毁你一生的尊严，精神的贫穷能耗尽你几世的轮回。人生没有白走的路，没有白读的书，你触碰过的那些文字会在不知不觉中帮你认识这个世界，会悄悄地帮你擦去脸上的肤浅和无知。书便宜，但并不意味着知识的廉价，虽然读书不一定功成名就，不一定能让你锦绣前程，但它能让你说话有道理，做事有余地，出言有尺度，嬉闹有分寸。

读书就是一个改变自己的过程。周国平说，一个人但凡有了读书的癖好，也就有了看世界的一种特别的眼光，甚至有了一个属于他的丰富多彩的世界。一个人读书越多，胸怀越是宽广，也就越能理解这个世界，发现世界的美好。当你爱上读书，独处就成为一个人的狂欢。

丁校长讲的这个故事就像和煦的春风，让人感到温暖美好，给人以力量，给人以启示，给人以希望。

# 读《扫除道》有感

《扫除道》是日本企业家键山秀三郎写的一本关于扫除的书。本书从头到尾阐述的思想，可用一句话概括：键山通过扫除实践，培养了自己彻底的谦逊精神，赢得了众多人的理解和尊重。书中用大量的事实证明扫除所具有的魔力，那就是只要通过扫除，保持清洁的生活环境，就会减少纠纷和犯罪的发生。企业可以增效、扭亏为盈；学校可以转变学风，提高知名度……看完书除了震撼、感动之外，更多的是共鸣。

多年前我从乡下学校调到碗铺街小学任教。当时我带六年级（1）班语文课兼班主任。校长给我说：碗铺街小学地处城乡接合部，大多是周边菜农的孩子，学习、行为习惯不太好，你刚进城，不要有太大压力，只要考试成绩排在雷家巷小学之前就行（当时汉台区东关办事处教育办公室下属六校一园），只要把常规工作做好就行了。因为我人年轻（27岁），打扫厕所的任务就落在我们班。厕所是旱厕，夏季的雨天气味难闻，且苍蝇乱飞，白森森的蛆随处可见。接到这个班，第一课就是我带领着孩子们打扫厕所，刚开始几个女同学捂着鼻子，不愿靠近，但看到老师带头卖力干，几个男生也很卖力干，特别是原班主任给我交代的几个在全校有名的捣蛋学生，他们干得非常起劲，端水冲，用铲子铲污秽物，用大扫把扫墙上、房梁上的蜘蛛网……慢慢地女同学也抢着干，连厕所外的杂草也拔得干干净净。一个多小时过去了，一个干净的厕所出现在全校师生面前，我们很愉快。我趁机开班会，表扬了同学们不怕脏、不怕累的精神；对彭园等几个抢着干脏活累活的同学点名夸赞。听到老师表扬自己，彭园羞涩、幸福地低下了头。上学六年以来，第一次得到老师的肯定，以往他总是作为反面教材，受尽了批评，同学们远离他。从那以后彭园变了，变得自信、自律，同学们也愿意和他交朋友。我在碗铺街小学工作了七年，带了七届六年级，扫了七年厕所，获得了东关办事处教育办公室所属学校六年级统考七连冠的成绩。现在想来，一定是扫厕所给同学们赋予了力量。正如键山先生所言：扫除中蕴藏着神奇的力量。透过一次次专注地扫除厕所污秽，会引人反观自己身心长久以来不知不觉累积的污秽。每次扫除厕所的当下，清扫者的身心也会被同步净化。古圣先贤所谓"心事一元"不正是如此这般。心底清净，世界（包括正打扫的厕所）便不再藏污纳垢；心地光明，世界便不再阴翳黑暗。

　　实验小学的前身是西大街小学，当时校舍破烂，学风教风令人担忧。魏淑梅校长上任后，抓住机遇求发展，学校的硬件上去了，软实力也不马虎。老师们津津乐道的是魏校长特别爱干净，要求很高。每周卫生检查，她都会戴着白手套，门框上、窗台边随手一抹，有半点灰尘，都是要扣分的。2003年汉台区进入新一轮课改，教研室准备在她们学校进行全员培训，得到通知已是下午，第二天就要用到会议室，魏校长觉得椅子布罩陈旧不干净，当下作出决定，全部换新的，领导班子和工人干了整整一个晚上,第二天当全区三百多名语文老师坐在焕然一新的座椅上,对西关小学的改变点头称赞。成功在细节处,这也印证了键山先生用八十多年的人生经历悟出的道理:凡事彻底,用非凡的努力去做平凡的事情,只有这样,我们才能最终获得幸福的人生。孔子有言:"不怨天,不尤人。下学而上达,知我者其天乎。"意思是说人在做简单事情的过程中,自能达到高深的造化,扫除道不也是这样吗?

知道的是理,行出来才是道。只有亲身践行扫除,才能深刻体悟扫除道的五大威力:使人谦虚,提高觉察,孕育感动,萌生感恩,磨练心性。书中倡导:俯身一捡,净土一方。一个小小的扫除行为,犹如点亮一盏微灯,一灯如豆,也许只能照亮一个角落,但只要守一不移,凡事彻底,不仅自己身心健康,会深蒙其益。

三、光阴里的隐形翅膀

# 该怎么样就怎么样吧

"该怎么样就怎么样吧!"是丹麦儿童文学家安徒生写的童话故事《一个豆荚里的五粒豆》中,第五粒豆说的一句话。这个故事讲述了豆荚成熟裂开后,五粒豆飞到广阔世界中所经历的不同生活。

初读这个故事,觉得第五粒豆说的话,随意,似乎没有进取心。"现在我要飞到广阔的世界里去了!如果你能捉住我,就请来吧!"我读出了第一粒豆的自信;"哦,我将直接飞进太阳里去。这才像一粒豌豆呢,而且与我的身份非常相称!"我读出了第二粒豆天马行空的梦想。"我们到了哪儿,就在哪儿住下来。"第二粒豆和第三粒豆得过且过,随遇而安。随着故事情节的发展,我对第五粒豆的看法也在改变。

第五粒豆钻进了一个长满了青苔的裂缝里,青苔把它裹起来,它躺在那儿成了囚犯。但它没有自怨自艾,该吸收水分就吸收水分,该晒太阳就晒太阳,慢慢地它生了根,长出小叶子来了,成了小女孩妈妈眼里的小花园。小女孩天天看着窗外的它,她从第五粒豆身上获得了力量。它的确在向上长——人们每天都可以看到它在生长。小女孩的病渐渐好起来了,她的脸上洋溢着健康的光彩，她的眼睛发着光——正注视着那粒豌豆花，快乐地微笑着，心里充满了感激。读罢故事，我内心充满了温暖，充满了温情。在惊叹作者奇思妙想的同时，也引发了我深深的沉思：第五粒豆结局为什么是最好的？答案也许就在我非常喜欢的泰戈尔的《用生命影响生命》这首诗里：

把自己活成一道光，因为你不知道，谁会借着你的光，走出了黑暗。

请保持心中的善良，因为你不知道，谁会借着你的善良，走出了绝望。

请保持你心中的信仰，因为你不知道谁会借着你的信仰，走出了迷茫。

请相信自己的力量，因为你不知道，谁会因为相信你，开始相信了自己……

是的，千年暗室，一灯即明。即便成不了探照灯，做一盏马灯也是好的。至少，可以照亮脚下的路！如果我们都能把自己活成一束光，照亮自己也温暖他人，这个世界该有多么地美好！第五粒豆它把自己活成了花园，也给别人带来了生机和希望。第一粒豆子和第二粒豆子多么像年轻而又不务实的人。好高骛远，目空一切，理想很远大，但缺乏脚踏实地的精神。

第五粒豆的成功靠的绝不是所谓的运气。当命运将它落在裂缝里，它没有抱怨环境的恶劣，耐住了寂寞，在昼与夜的交替里苦熬，在旱与涝的切换里等待，为了心中的信念，向下扎根，向阳而生。第五粒豆再一次验证了幸福是奋斗出来的，幸福不是等出来的，幸福更不是想来的。看看我们身边的人，为了健美，为了提升自己，办了健身卡、瑜伽卡、游泳卡，结果被饭局、酒局、牌局半道劫走，明日复明日，万事成蹉跎。

"该怎么样就怎么样"，"该"是必须，"该"是担当，"该"是责任，"该"是使命；"就怎样"是顺势而为，是顺其自然，是不回避，是勇敢地面对。比如学生在学校该认真学习就要认真学习，该运动就运动，在家里该干家务活就干家务活；年轻人该奋斗就要奋斗，该吃苦就要吃苦；做儿女的该孝敬老人就要孝敬老人……

阅读经典，致敬经典，经典犹如灯塔照亮人们前行的道路。

# 学习语文其实很简单

随着课改向纵深推进，尤其是统编教材的全面使用，教师感觉以前的教学方法不好使了，语文要素与人文主题双线并轨，怎样才能做到不左不右，既抓住了干货，又兼顾了文道统一。家长着急了，网上流传着得语文者得高考，将来的高考，有一半的人连题都做不完，因为阅读量大且理解较难。培训机构着实火了，什么粤语、阅读指南、作文速成……五花八门，众说纷纭。语文真的很难学吗？语文是母语，是基础的基础，是重中之重。我根据多年的教学经验和教研体悟，学好语文要从以下几方面着手。

一、尊重规律，大道至简

语文是什么？语文是语言和文字，简言之是用文字记录下来的语言。语言有两种形态，口头语言和书面语言。小孩学说话，先从单个的字再到词，再到完整的一句话，孩子在猜摸，在观察，在实践。邻居家的孩子把"大公鸡"说成"大东鸡"，把"哥哥"说成"dede"，把"郑州"说成"更沟"。假以时日，孩子们都会轻松地越过这些沟沟坎坎，把话说得准确完整。书面语言的学习和口头语言的学习是一致的，让学生自主地、充分地说。

三、光阴里的隐形翅膀

近日我在成都参加了中华传统文化暨走进清华附小成志教育名师团队"孔子课程群"观摩会，感触颇多。无论是享誉中外的窦桂梅校长还是正在成长的胡兰、薛晨老师……他们在上课前都会让学生有个三分钟的演讲:《我眼中的三国演义》《岳飞传》《孔子》《小米多诗词王国漫游记》……听课老师无不为孩子们精彩的演讲而喝彩。听胡兰教师介绍，清华附小从二年级开始，每节课课前都有三分钟的演讲，清华附小的孩子做到了，四川双流区棠湖小学的孩子做到了。这让我想到20世纪90年代初，我在教小学六年级语文时，每堂课课前都会让学生读一篇美文，可以是别人的，也可以是自己写的。每人负责一天，不重复，不间断，刚开始，孩子有畏难的情绪，慢慢地变成了一种享受，连基础较差的同学也读得越来越好，积极性越来越高，对上语文课有一种期待。

基于"儿童站立课堂中央"的理念，这个名师团队上课，无论是课前三分钟的演讲还是小组汇报的主持，让谁发言，对发言的评价、补充、归纳学法、感悟总结……统统是学生，让听课老师惊艳的是学生，让听课老师感动继而鼓掌的仍然是学生！

二、阅读习作，缺一不可

成都棠湖小学的学生在公开课上表现出的出口成章，引经据典，动辄之乎者也，给听课老师留下了深刻印象。我私下和棠湖小学的老师请益，原来他们从一年级入学开始，坚持晨读，《弟子规》《百家姓》《三字经》《论语》……都能熟读成诵，进而内化成自己的语言！清华附小，每年一个主题，从朱自清到鲁迅，从苏轼到孔子……在经典文学里吸取营养，从古代圣贤处着上人生的底色。他们用行动践行着——彼此厚植：博学于文，古书不厌百回读。师生静下心来重读经典，彼此共生，温故知新，厚积薄发，在阅读中不断转化为行动的力量，创造出属于共同的认知源泉。清华附小的孩子展现出的蓬勃、向善、向美、有光的样态与阅读密不可分！

"熟读唐诗三百首，不会写诗也会吟。"读与写密不可分，读是输入，写是输出，在充分读的基础之上，勤练笔显得弥足珍贵。回想起自己从乡下中学调入城区较小的小学，汉台区东关办事处六个小学，校长让我带六年级语文，唯一的要求是保住全片倒数第二名，原因有二：我们学校历来考试都不乐观；我接的班是平行班中最差的。学期过半，期中考试已在同年级前列，同事质疑，领导疑惑，期末考试全片区第一，毕业考试在全区受奖，一连七年带毕业班，七年都在片区两级名列前茅，要说法宝，我牵住了"写"这个牛鼻子。"一到星期三，两腿打闪闪。"每周三下午有两节作文课，学生们害怕作文，没有素材，不会表达。刚开始，作文课就是说话课，我让他们讲自己、家里、邻居、学校、班级里发生的事，谈自己的看法和感受。因为是自己经历的事，他们滔滔不绝，绘声绘色，说着说着，我让他们试着把说到（听到）的写下来，三言两语的是言简意赅，长篇大论的是内容丰富。我都给他们高分甚至是满分，从写作文以来，大多学生从来都没有受到过如此殊荣，慢慢地学生们不再害怕作文了。再到星期三，他们会撇着小嘴说：作文就是说话嘛，把话"说在纸上，心里怎么想的，笔下就怎么写。"因为要交流自己的见闻，学生们变成了有心人。晨风暮霞，丽日骤雨，皓月星空，春华秋实，四季更迭，他们都会驻足欣赏。至于看电影，搞活动，这帮小人儿都会听别人的故事，想自己的心事，学了《草原》，孩子们会写家乡的美景；学了《凡卡》，孩子会续写凡卡的爷爷是否收到了孙子的信；学了《卖火柴的小女孩》，孩子们会给小女孩写一封信；学了《落花生》，孩子们会写生活中落花生一样的人和物……一学期下来，我班每个学生都有近70篇的小练笔，8篇大作文。学生不光写作文，还要改作文，小作文组长组织组员批改，班长组织组长批改大作文，我负责最后的审核。学生有了这样的积累，作文水平自然提升很快，半学期后我征求每天的家庭作业，孩子们总会异口同声地说"写作文"。六年级第二学期，班上的学生有一多半能在20分钟之内写一篇文质兼美的作文。

  前几天我和刘主任、何局长到某学校调研、研判六年级教学质量，听得最多是：孩子们刷的题也够多了，为什么我们的语文成绩上不去。"刷题"两个字刺痛了我，初、高中理科类的刷题还存在异议，对于小学，而且是小学语文，刷题真是苦了孩子，吃力不讨好。写到这我想起了人民教育家于漪老师说过的一句话：我当了一辈子老师，最忧心的是只看到技能技巧，育分不育人，求学不读书，这都是对孩子的坑害。

  万事万物皆有法，这个法就是规律，照着语文学习的规律去学习，学好语文真的很简单。

光阴里的故事 ━━━━━━━━●

# 到天安门广场看升国旗

去北京的次数不少,但每次都来去匆匆,与天安门广场升国旗擦肩而过,知道它庄严肃穆,震撼人心,可当我亲临现场,内心那份激动还是难以言表。

好不容易有在北京学习一周的机会,这次说啥也得去天安门广场看升国旗仪式。

去之前就对升旗时间作了深度备课。每年 1 月 11 日到 6 月 6 日,升旗由早晨 7 时 36 分逐渐提前到 4 时 36 分,平均每天依次提前约 1 分钟;6 月 22 日至 12 月 30 日,升旗时间由 4 时 46 分逐渐推迟到 7 时 36 分,平均每天推迟 52 秒钟;12 月 31 日到次年 1 月 10 日、6 月 7 日到 6 月 21 日,每天的升旗时间分别为恒定的 7 时 36 分与 4 时 46 分。天安门广场国旗的升降时间,是根据北京的日出日落时间确定的,具体时间是由北京天文台的天文学家林亨专门计算的。早晨,当太阳的上部边缘与天安门广场所见地平线相平时为升旗时间。日期不同,国旗的升降时间也有所差异。

2019 年 5 月 28 日的升旗时间是清晨 4 时 50 分。我们住在豫东酒店,离天安门广场有一定距离。为了稳妥起见,前一天下午

三、光阴里的隐形翅膀

我们坐地铁实地考察了一番。网约车凌晨3点30分出发,先生定了3点10分的闹铃。夜里11时许还在辗转反侧,脑子里出现的全是各种场合的升旗仪式的场面:1949年的开国大典,纪念中国人民抗日战争胜利七十周年阅兵式……不知过了多久才睡着,迷糊中看手机才2点多,想再睡会儿,又怕睡过头了。想到这儿,我自己都笑了,在过往的几十年,有哪一次睡过头了?3点20分,一切就绪,下楼去。3点48分到天安门广场西入口。"拿上国旗和纪念章,往前走!"一位大妈严肃而肯定地说,一时我竟有点小感动,到底是北京的大妈,这么大年龄了,半夜三更地还在做志愿者。"一套10块,总共20块,微信还是现金?"先生手快,人家话音未落他已经把20元人民币交出去了。按照指引我们到了天安门城楼前,工作人员打开栅栏,说到广场边上等着。穿过地下通道,我们来到广场东边,短短几分钟,人群像潮水般涌了过来。有拿绿旗的导游,也有手拿小红旗、颈戴纪念章的散客,有坐轮椅的,有拄拐杖的,有白发苍苍的老人,有不会走路的幼儿,有身穿薄纱的少女,有身着军装的男子,有僧侣,有藏族同胞,有国际友人……大家来自五湖四海,跨越千山万水,为了一个共同的目标集结在这里,这一刻都在等待4点钟广场放闸。终于前面走动了,第一个冲入广场的男士,以百米冲刺的速度奔向旗杆,足足有10分钟,才轮到我们进入。我站在第三圈,不,准确地说是被架在那里,双脚离地,三五分钟一点问题都没有。虽说立夏已快一个月了,但经历了前几天的狂风暴雨,凌晨四点多,北京的气温也不足20度,可此刻我都冒汗了。渐渐地东方出现了鱼肚白,快了!快了!人群中有一阵骚动,我踮起脚尖,几乎是被人们架起来。看见了,终于看见了,精神抖擞的国旗护卫队迈着铿锵有力的步伐从天安门城楼出来了。1、2、3……一共96步,象征着祖国960万平方公里的面积。近了,更近了,我看清了他们飒爽英姿的身影了!4点50分,升旗手用力高高扬起国旗,鲜艳的五星红旗与喷薄而出的朝阳一起冉冉升起,迎风招展。雄壮的国歌唱起来了,"起来,不愿做奴隶的人们,把我们的血肉,筑成我们新的长城……"这歌声像排山倒海的浪潮漫过人群,不约而同,人们发自肺腑地唱起来。刹那间这声音汇聚成一股最强的旋律回响在天安门上空,回响在大江南北,回响在长城内外……我似乎看到了江姐含笑在狱中绣红旗,似乎看到了熊熊烈火中纹丝不动的邱少云,似乎看到了狼牙山五壮士英勇跳崖……无数革命先烈用鲜血和生命谱写了一曲曲爱国华章。

什么是爱国?爱国是义无反顾的抉择,是不卑不亢的不畏,是忧国忧民的感叹,是救国救民的情怀;爱国是以天下为己任的胸襟,是前赴后继的执着。正是无数先烈在他们的时代用满腔热血,冒着敌人的炮火谱写了无愧于时代的《义勇军进行曲》,才有我们今天的中华人民共和国国歌唱响神州。那么气势磅礴,那么雄壮嘹亮,才使得我们今天的中华儿女一次又一次在世界的舞台上展示中国人的自豪和骄傲。想到此我不禁心头一热,眼眶湿润了。

升旗礼毕,人们久久不愿离去,和人民英雄纪念碑合影,和人民大会堂合影,和天安门城楼合影,和少先队员合影……

太阳升起来了!鲜艳的五星红旗迎风飘扬,蔚蓝的天空中有白鸽飞过。

# 今天是你的生日，我的中国

初升的朝阳普照大地，万物蒙上了一层薄薄的金光。拉开窗帘，霞光照进屋内，使陋室显得格外温馨与浪漫。"今天是你的生日，我的中国。清晨我放飞一群白鸽……"优美的音乐旋律在室内回荡。我们仨早早起床，穿戴整齐，胸前统一戴了一枚"70"纪念章。一家人围在餐桌前，边吃早餐边依次欣赏了李谷一、王菲、韩红唱的《我和我的祖国》，女儿这样评价：李谷一唱得深情，王菲唱得空灵，韩红唱得悠远。音乐一遍遍地回放，我们也情不自禁地一遍遍地跟唱。先生和女儿嘲笑我五音不全，我自我解嘲道："情感的投入是唱歌的灵魂，咱们不是比声音的响亮和唱歌的技巧。我可是带着对祖国的无限热爱，声音发自肺腑啊！哈哈哈！"先生回应着："你说得对，比起父辈，咱们这一代人是幸运的，我们生在红旗下，长在红旗下，土地承包责任制让我们的粮仓满了起来，彻底解决了温饱问题；改革开放让我们的钱袋子鼓了起来，衣食住行条件彻底得到了改善。没有共产党就没有我们今天的幸福生活。"

看着女儿精心化的淡妆，我开玩笑道："不愧是给祖国母亲庆生，很漂亮呀！""必须的，你也一样隆重，给祖国母亲庆生。""哈哈,我们终于平等了,因为我们都有同一个母亲。"过了一会儿,女儿若有所思道:"祖国母亲过100岁生日的时候,我也近60岁,爸爸妈妈你们也都80多岁了,到那时,我们不知道要几世同堂?"经女儿这么一说,我不禁怔了一下,60岁、80岁对于人的年龄来说的确够大,时光如梭,几十年转眼之间就过去了。我像是对自己又像是对家人说:抓住当下的美好时光,在自己平凡的工作岗位上,尽职尽责,该奋斗就奋斗,勇往向前,把自己活成一束光,为祖国的发展建设添砖加瓦。到祖国母亲100岁生日时,祖国更加繁荣富强,人民的幸福指数更高!当回首过往时,我们会自豪地对儿孙说,我们为中华巨龙的腾飞奉献着自己的芳华,无怨无悔。

九点多钟,白岩松和欧阳夏丹主持的中华人民共和国成立70周年特别报道正在进行,当我看到一位阿根廷华裔老太太拉着小提琴,熟悉的旋律响起,一个个少年、青年、中老年一起唱《我和我的祖国》时,我泪流满面。一首歌,全球华人,同一日子,把十几亿中国人紧紧地联系在一起,这正是文化的力量!这正是文化的软实力!

习近平主席的讲话将庆典活动的帷幕拉开,两个车牌号很有寓意:1949,2019。1949承载的是历史,要铭记;2019展现的是当下,要奋进!中国军人的正气、硬气、帅气、底气让人感动!中国的陆海空天武器,彰显的是中国的实力与国威!中国人从站起来到富起来到强起来!游行活动开始了,中国人的骄傲、自豪、自信、自强不息是刻在骨子里、写在脸上的。自行车的方阵还原了属于20世纪80年代的面貌,引起了我们的共鸣。中国女排在十一场完胜后也参加了庆典。国之庆典,隆重、庄严、喜庆,催人奋进!

　　下午我们一家人到北街口照了一张全家福,我还照了一张证件照,随着时光的流逝,这照片会无比珍贵。下午 5 点 50 分的电影《我和我的祖国》,电影院座无虚席。电影分别讲了 7 个故事,每个故事都能看到青年人奋斗的身影。

　　走在热闹的大街上,深秋的风吹在脸上甚是凉爽,迎面走来的有手持红旗的,有脸上贴红旗的,嘴里哼着那熟悉的旋律,我在心里深情地祝福:祖国母亲,祝您永远幸福、安康!

光阴里的故事

## 不乱丢垃圾是一种修养

你没有看错,迎面走来的那个左臂上戴着红袖章,左手提着黑塑料袋,右手拿着火钳正在专注地夹烟蒂的人,确实是我。与我同行的,还有单位的两个姐妹、汤房社区的工作人员,以及北关街道办事处的同志,为了迎接国庆卫生复审,我们在尽自己的一份力量。

今天是大暑后的第三天,黎明时分雨借着昨天傍晚的劲儿,又上演了一幕如瓢泼、如盆倒,多少楼房在烟云中的大雨戏。我穿着高帮巡洋舰,举着大伞,迎着风雨,到了汤房社区。到底是城中村,办公在三楼,环境还不错,工作人员已陆续到岗。尽管是周六,但他们没有丝毫的懈怠与抱怨。

九点半左右雨过天晴,我们要出发了。社区同志很友好地贡献了他们的帽子,带着你看到的这副装备,我们兵分两路,开始战斗了。

我们这一队沿着恒业路的北边,自西向东挺进,因为昨天也有工作人员拉网式地过了一遍,白色垃圾不多,偶尔有两三根雪糕棍儿,但烟蒂真不少,98%以上的垃圾是烟蒂。在树丛旁边,在新铺的雨水冲刷过的红砖上,是那样的刺眼,那样的违和,那样的不堪入目,它们横七竖八地躺在砖缝里,躺在砖面上,躲在树根下,躲在绿树下;黄色的,蓝色的,白色的,红色的,灰色的;粗的细的,长的短的,高级的低级的,此刻它们都被雨水泡软了,淌着黄水,匍匐在街头,被一群志愿者当作垃圾清理。清理?昨天清理,今天扔,早上清理,下午扔,上一刻清理,下一刻扔,光清不理,何时是尽头呀!

　　这让我想起了一个故事:1969年,美国斯坦福大学的心理学家菲利普·津巴多进行了一项实验。他找来两辆一模一样的汽车,然后停放在不同的地方,一辆车停在加州帕洛阿尔托的中产阶级社区,另一辆停在相对杂乱的纽约布朗克斯区。他将停在布朗克斯区那辆车的车牌摘掉,顶棚也给打开了,结果当天就被人给偷走了。而停在帕洛阿尔托中产阶级社区的那辆车,放在那一个星期也没有被偷走。但接下来发生的事就很有趣了。菲利普·津巴多用锤子将这辆车的玻璃敲了一个大洞,结果仅仅过去了几个小时,这辆车就不见了。在这项实验的基础上,政治学家威尔逊和犯罪学家凯琳提出了"破窗效应"的理论:如果有人打坏了一幢建筑物的窗户玻璃,这扇窗户得不到及时维修的话,那么就会有更多的窗户玻璃被打坏。原因就在于这个破掉的窗户容易给别人带来一种示范性的纵容,很多犯罪案件的滋生都是这么形成的。如果我们对这种乱扔乱丢的现象采取零容忍的态度面对,眼前的问题会迎刃而解。

　　环境卫生是城市的名片,是城市的软实力。纵然你有高楼林立,但垃圾遍地,车辆乱停乱放,摆摊设点随意进行,那这个城市离文明也就远了去了。非常喜欢杰斐逊总统的一句名言:永远警戒是自由必须付出的代价。作为市民,作为文明市民,只有随时注意自己的一言一行，才可换来城市的洁净，道路的畅通，人们自由地行走。

与那些乱扔乱丢的人形成鲜明对比的是这样一群人，他们提着袋子穿梭在城市的大街小巷，捡拾垃圾，这是国际上最流行的"一分钟"公益活动。英国公民威廉自发在长城上捡垃圾11年；一个夹子、一只塑料袋、一双一次性手套，这是旌湖社区79岁老人谭植芳最熟悉的"老三件"。自德阳创建全国文明城市以来，老人每天走上街头义务捡垃圾，她希望用自己的行动唤醒更多市民爱护环境。此时此刻，我觉得我和我的同伴做的工作很有意义。

毕竟是三伏天，太阳一晒，还是挺热的，干了两个多小时，我们早已是汗水淋淋了。口渴难耐，非常疲惫，当负面情绪萌生时，我转念想起了日本家庭主妇，吃完饭后把黄豆撒在地上，然后一个一个地捡起来，在捡拾的过程中，一起一伏，小腹变平了，腰也变细了，这样一想，我哈哈大笑起来，我又捡了一个大便宜，先前买的那个小一码的裙子，估计明天也可以轻松拿下。

面对这无处不在的烟蒂，我想烟民们何时能觉醒，戒掉百害无一利的烟，那真是利人利己，功德无量。万一戒不了，最起码别在公众场合吸烟，如果非得不讲社会公德，一定要在大街上吸烟的话能否将手中的烟蒂投放在垃圾箱里，或者放在自带的口袋里。如果所有的市民口袋里永远装着一个袋子，将自己产生的垃圾管理好，真正做到除了照片，什么都不要带走；除了脚印，什么也不要留下。那中国的文明程度将要向前迈进几大步呢，汉中的卫生复审只是小菜一碟而已。

扔是你的自由，愿你扔掉坏习惯，扔掉陋习俗，在举手投足间彰显你的修养、你的文明。

# 劳动是幸福的源泉

老舍先生说：劳动多有意思啊！有益身心，胜于吃药。陶渊明说：民生在勤，勤则不匮（只要勤劳就不会缺少物质）。劳动是财富的源泉，也是幸福的源泉。请回忆你在家中、学校里或其他地方参加劳动的一件事，写一篇习作。

要求：1. 自拟题目；2. 内容要具体，语句要流畅；3. 书写规范、整洁，正确使用标点符号，不少于400字。

这是汉台区2020年小学六年级检测的作文题目。针对这个考题，可谓是仁者见仁，智者见智。在网阅的时候，一位中年女教师满脸不屑地吐槽：小学毕业检测还出这样幼稚的题目，这应该是三四年级的学生写作内容，再说了现在的孩子哪有劳动的经历？学习任务重，谁还去劳动……我想这不光是她一个人的想法，一线老师这样想很正常。

那就写心愿吧，这是统编教材六年级下册的一个单元话题。拟定题目是这样的：心愿，就像一粒刚刚发芽的种子，播撒在心的土壤里，尽管渺小，却终将开出美丽的花朵，面对天灾涌现出的一个个英雄人物，先进事迹，多年后的你，是否也像他们一样，全心全意为人民服务，默默奉献自己，请将你心底埋藏的心愿写出来吧！已经是二校了，在准备签下"已校对，可以打印"的字样时，我的手在空中按了个暂停键。

20世纪90年代中后期，当时汉中中学，汉三中（现汉台中学），依学生成绩招收初中学生，那时的语文教学基本模式是：教条条，背条条，考条条。这个条条就是阅读题的段落大意、中心思想、作文题……曾几何时，吾等深恶痛绝的"条条"，难不成又要死灰复燃了吗？必须让这种毫无意义的"押题"现象消失。

毛泽东同志1977年发表的《体育之研究》指出，学生要"文明其精神，野蛮其体魄"。是呀，健壮的身体从哪里来，从活动中来，从劳动中来，从运动中来。反观现在的孩子俨然成了小皇帝，饭来张口，衣来伸手，连书包都由家长背，家长大包大揽，让孩子一心去读"圣贤书"，两耳不再问窗外事。在百般呵护中长大的孩子，成年后不会做家务，不会做饭，动辄点外卖，充其量就是一个高学历的巨婴。网上常常爆料，一个个年轻鲜活的生命，学生时代是学霸，走上工作岗位也能独当一面，但突然间就香消玉殒了，为什么？是身体出了状况，给家庭给国家带来不可挽回的损失，不禁让人扼腕叹息！

去年五月底我在中共中央党校（国家行政学院）接受培训了解到，国家层面非常重视中小学生的身心健康，新时代中国青年要努力成为德、智、体、美、劳全面发展的社会主义建设者和接班人。劳动教育是德育的磨刀石、润滑剂。只有经历了劳动的锻炼，劳其筋骨，他们才会深刻领会"谁知盘中餐，粒粒皆辛苦"的深刻含义。

俄国教育家乌申斯基曾指出："劳动是人类存在的基础和手

段,是一个人在体格、智慧和道德上臻于完善的源泉。"习近平主席不满 16 岁就作为知青到陕北农村插队,其间种地、打坝、挑粪,挖沼气池,什么脏活累活都干过,什么苦都吃过,而且一干就是七年……习主席对待劳动的态度和做法是我们学习的好榜样。

2018 年有关部门对汉台区的中小学学生进行体能测试,结果近视率、肥胖率居高不下。细想极恐,如何改变这种现状?大家不是说考试是指挥棒吗?那我就逆流而上,冒不少人之不违,出了这个关于劳动的作文题,旨在用这样的方式提醒学生,尤其是老师,要重视学生的体能训练,培养劳动的意识。

2020 年 7 月 9 日,教育部出台了关于印发《大中小学劳动教育指导纲要(试行)》的通知,将劳动课纳入中小学生课程,一周学生不少于两小时劳动,利用假期要集体外出劳动,听到这个新闻,我激动万分,我似乎看到了文明、强健的中国少年正阔步走向未来。

劳动者最光荣,劳动让生活更从容,劳动是幸福的源泉。

光阴里的故事 ─────●

# 忙是上天的恩赐

　　刚参加工作的时候听同事陈老师说：那些年太忙了，又要教书又要种田，还要带孩子，走路都在跑趟子，忙得连病都顾不上害。"忙得连病都顾不上害！"这句话，我当时只当是句玩笑话，随着岁月的流逝，尤其是到了知天命的年龄，我很认同这句话。俗话说：闲人愁多，懒人病多，忙人快活！忙着看书可以治愚，忙着锻炼可以强身健体，忙着工作可以掘金挣钞，忙着拼搏可以实现人生的价值……

　　爱因斯坦说："我从来不把安逸和快乐看作是生活目的本身——这种伦理基础，我叫它猪栏的理想。"我国著名妇产科专家、上海复旦大学附属妇产科医院教授张惜阴，退休后依然活跃在专家诊室、手术台上。86岁高龄时，儿子要给她请保姆，她拒绝了，坚持自己洗衣、烧饭、打扫卫生，出门就坐公交车，享年92岁。日本著名作家村上春树每天晨跑10公里，每天写作4000字，几十年如一日。他每年都跑一次马拉松，总共跑了33次。

　　活到极致，就是不愿意闲下来。沈从文曾说：我一生最怕是闲，一闲就把生命的意义全失去了。他的学生汪曾祺曾在文章里这样描述沈从文：冬天屋里生不起火，用被子围起来，还是不停地写。到了晚年，他也不愿闲下来，参考大量资料整理完成了《中国古代服饰研究》。别人享乐的时候，他在写；有人质疑抨击他的时候，他还在写。让忙碌成为生活的常态，是实现人生价值的必经之路。

"闲不住"从来都不是人们所说的毛病和坏事，而是上天给予的嘉奖。用我母亲自己的话说：她一辈子忙得屁股挨不到板凳，毛改（头发）沾不到脊背。家里忙，外面忙，连走个亲戚也不闲着。她亲家母做生日，寿星在那喝水、吃瓜子、聊天，母亲忙得团团转，一会儿理菜，一会儿架火，炒菜时呛得又淌眼泪又咳嗽，好像她成了主人家。好不容易接她到我们家小住几天，歇息一下，她却又是给我们洗床单被罩，又是擀面蒸馍，一刻也不让自己闲着。我心疼母亲，常常劝她，现在日子也过得去，没有必要再这样辛苦，母亲嘴上答应着，可依然脚不停手不住，干了这样干那样。让人欣喜的是母亲今年已经75岁高龄，却依然体态轻盈，步履矫健，身体硬朗。

父亲他们共有五姊妹，现在只有二爸健在。他一辈子务农，勤劳简朴，粗茶淡饭，日出而作，日落而歇，一辈子没有进过医院。前年摔了一跤，两根肋骨骨折，在当地卫生院开了一点药，躺了几天，浑身不自在。于是他佝偻着背，猫着腰到地里拔草，一会儿跪着，一会儿躺着。堂弟万般阻拦不让他出门去干活，他生气地说："人活着不干活，还不如死了算了。"村里人看不下去，劝他休息，他说，只有干活，身上才舒服。二爸今年81岁，田里地里的活是主力军。他日出而作，日落而歇，自力更生，值得致敬！

席勒说：真正的价值并不在人生的舞台上，而在我们扮演的角色中。为自己的理想和兴趣而忙，得其所在，忙中有乐，这样的忙才有价值。

1061年，苏轼出任凤翔府判官。一入仕途，他就作《思治论》勉励自己，并写道："犯其至难而图其至远。"意思是说，做事就应当迎难而上，干出实效，干出价值。他说到做到，刚一上任，就夙夜励精，解决了百姓深恶痛绝的"衙前之害"。所谓衙前，就是专门为官府运货的差役，他们有项任务，是用水路给朝廷运送木材。但衙前既没有工资，还要赔偿运送途中的损耗，往往落得个倾家荡产的下场。苏轼想要改善他们的处境，便深入民间，日日走访。他了解到，在河水未涨之时进行运输，便不会产生重大损失。于是他静守河边，每日观察水位，终于找到最适宜的运货时段。他奏报朝廷，修改了衙前的运货时间，使木材损耗降低了一半，百姓感激地称他为"苏贤良"。工作之余，苏轼也不忘研究当地的风土人情。他考察了凤翔的八大文物，一有灵感就写诗作赋。在任四年，他一共写了一百六十多篇文章和诗词，其中著作《凤翔八观》，更是成就了凤翔古镇的千古传奇。回京后，他的仕途开始起伏，但无论何种境遇，苏轼都能把生活过得十分充实。在杭州做通判时，他重视水利，完成了钱塘六井的治理工程；在密州做知州时，他灭蝗虫，除强盗，筑造了家喻户晓的"超然台"；在惠州做节度副使，他又开辟药圃，筑堤建桥，解决了"米贱伤农"的难题。在苏轼看来，不管职位高低，无论身在何处，只要能为百姓做实事，再忙都甘之如饴。

忙是上天的恩赐，不管是身体还是灵魂，总有一个在路上，不负光阴，不枉此生！

# 灿烂照耀

当摆渡船阅读论坛停靠在溧阳时，我真真切切地感受到了江南的美，江南的魅，江南的魂。

六月中旬，正是江南的梅雨期。淅淅沥沥的小雨打在伞上，慢慢滑落在伞沿上，嘀嗒、嘀嗒，落在道边，落在树叶上，偶尔也会落在你的肌肤上，你感受到的是它的纯净，它的清凉，它的美好。

当我踏上溧阳的那一刻，便被绿色包围了，被诗意包围了，被悠久的历史包围了，被灿烂的文化包围了。我似乎看到孟郊走在有2000多年历史的溧阳街头，边走边吟诵着：谁言寸草心，报得三春晖？我似乎看到了溧阳人民为了驱逐苦难，追求幸福生活而激情四射地跳着傩舞的美好画面。

阅读论坛在溧阳中学举办。这个花园般的学校树木苍郁，建筑风格古朴典雅，以灰色为主，稳重端庄。在雨里，学校的一切都湿淋淋的，透着生命的光鲜与蓬勃。

在礼堂寻座位时，过道里走来几个人。走在前面的是一位步履稳健，头发花白，干净又文雅的老人。此人该不会是今天的主角——摆渡船阅读创始人、船长梅子涵先生吧！他坐在第一排中间的位置，从别人对他的尊重，从他的淡定、脱俗来看，应该是他。活动开始了，我为自己的判断力而窃喜。

溧阳市委宣传部部长热情洋溢地欢迎致辞后。梅先生开讲，他问道，此时此刻你坐在哪里？我站在哪里？你坐在生活里，我站在生活里。走在生活里，是天性的部分，不需要别人告诉你，但有些东西你并不知道，比如文学和艺术。古希腊的历史，名家的书画，名家的著作，如果你不读书，你是不知道的，今天仍然有很多人不知道。让别人知道，这就是所谓的教育。学生需要文学，成人需要文学，校园需要文学，家庭需要文学，社会需要文学，中国的未来需要文学，世界需要文学。文学将人们从忙碌的、平凡的生活带入诗意的、文学悠长的迷人的水上、空中。悠悠的摆渡船悠悠地渡。课本是摆渡船，老师是撑篙人、划桨人、摇橹人。把生活变成文学中的美好，让学生的心中有乌托邦。二万五千里长征何其艰难，因为有理想，有信念，更有诗意："红军不怕远征难，万水千山只等闲。五岭逶迤腾细浪，乌蒙磅礴走泥丸。"这是何等的乐观与旷达，这也许就是文学的力量。

你坐在哪里？我站在哪里？你坐在文学里，我站在文学里，此时此刻你坐在摆渡船里学习，我坐在摆渡船里讲文学，用文学感知生活的美好。

诗文朗诵环节，让我真切地感受到了朗诵的魅力，朗诵是二次创作。我也想上台朗诵。

主题演讲中，我最喜欢的是上海市静安区市区小学欧文老师的演讲——《鸟有翅膀，孩子有书》。通过一个女孩儿三张照片的变化，凸显文学的力量。语言清新，娓娓道来。今天我给你翻开薄薄的书，是为了你以后书写厚厚的一本书。

最有创意的是四川老师带来的朗诵:《校长日记》。巧妙地将梅先生的作品穿插在五个部分：点亮、照耀、辉映、温暖、灿烂。将日常烦琐的教学与浪漫的诗意完美地统一起来。阅读，让他们灿烂，可谓诗意的洗礼，精神的碰撞。

最后由梅先生致闭幕词。他讲话的题目是"文学真的那么美好吗"。生活很匆忙，生活很无奈，但有文学陪伴的生活是不一样的。文学里的生活，生活中的文学是那样的美好！世界上到底有多少文学家，数也数不清，总有人在写，总有人在读，我们在寻找属于我们自己的感觉。

文学如生命，梅先生回忆了自己在求学阶段会写剧本的老师，虽然被打倒了，但依然很高级。文学的魅力在于他让不懂文学、不识字的奶奶知道自己的文章发表后，笑得很灿烂。文学是逻辑解释不了的，文学是不讲理的，文学给你一双慧眼，明明存在，别人看不到你却能看到，豁然、灿烂的照耀。文学是高空，你就是水中的鱼。一首齐秦的《航行》，优美的略带忧伤的旋律，配着老先生讲着属于自己的文学的花园，生命的花园。

雨停了，太阳微微露出笑脸，走出大厅的那一刻，迎面扑来伴着花香的温润的空气，我的心儿因感动而微颤，我像喝了美酒那般陶醉、那般幸福。我既想高歌一曲，又想低吟一首奇丽的小诗，我想寻觅一间咖啡屋，捧起一本厚厚的书，静静地读，最好有钢琴曲伴奏，当然琴声要悠扬，要舒缓，要若有若无……

# 紫薇山庄

紫薇山庄位于陕西省汉中市南郑区著名风景区红寺湖旁边，与川陕革命根据地纪念馆毗连，三面翠峦叠嶂的群山将其揽入怀中。它始建于2000年，占地30多亩，约2万平方米。山庄集园林、建筑、盆景、奇石、古玩字画、休闲、美食、住宿于一体。这里的一砖一瓦都见证着山庄从无到有，从小到大历经的沉沉浮浮，这里的一草一木都记录着山庄从弱到强，从农家乐到民宿华丽转身的执着与坚守。

## 紫薇树

紫薇花的花语是和平，它的寓意就是好运。紫薇山庄起名的灵感来源位于园中的一棵老紫薇树。这棵紫薇树高20多米，它树姿优美，树干光滑洁净，根深叶茂，绿树成荫。每至仲夏时节，鲜花盛开，满树好似披上了红霞，像娇羞的新娘头顶红盖头，喜气盈盈。微风拂过，它像纤巧的少女着一袭罗裙，迈着碎步轻挪，娇艳至极，可爱至极。看着一簇簇娇艳欲滴的花朵，让人不由得想起南宋杨万里写的《咏紫薇花》：

似痴如醉丽还佳，露压风欺分外斜。

谁道花无红百日，紫薇长放半年花。

盛夏的天娃娃的脸，说变就变。刚才还是晴天丽日，白云朵朵，转眼之间，一片乌云飘来，几声闷雷之后，紧接着就是狂风骤雨。雨中的紫薇树更加妖娆多姿，清丽可人，花随着风起舞，雨伴着花坠落。树下落英缤纷，我拉长了镜头，拍下这美丽的画面。庄主夫人方总见我喜欢，就给我讲起了这棵紫薇树的传奇故事。

早年间这棵树没有这般风采。也许是树龄太高，也许是疏于管理，总之这棵树已现枯萎之状。给它输液、施肥……树依然毫无起色。当刨开树根，树的主根大多已经空腐，仅靠须根供给养料，成活的可能性不大。山庄主人请教专家、上网查询，当看见靠接（植物枝接方法之一：接时将有根系的两植株，在易于互相靠近的茎部都削去部分皮层，随即相互接合，待愈合后，将砧木的上部和接穗的下部切断，成为独立的新植株，此法适用于切离母株后不易接活的植物）时，他们眼前一亮，似乎看见了一棵郁郁葱葱的紫薇树花红满堂的景象。抱着死马当成活马医的想法，边学边干，在它的周围栽了六七棵紫薇苗，紫薇苗搭靠在老紫薇树上，像孙子依靠在爷爷身上。光阴荏苒，四季交替，一晃十多年过去了，这"爷孙"们早已融为一体了，"孙子"给爷爷提供养料，"爷爷"给孙子遮风挡雨，你中有我，我中有你，互相滋养，相互成就。枯木逢春，古树焕发出了青春的活力，小树站在了"巨人"的肩上。当你俯下身子，依稀还能看见古树的空心。这生命的奇迹让人动容，也给人以沉思。

如今山庄里有大大小小几十棵紫薇树，它们或侧映于湖边，或挺立于奇石旁，或隐身于镂空花窗外，有的根植于厚土之上，有的端坐于根雕之中，它们形态各异，竭尽全力，用自己独特之美点缀着庄园的角落。

## 茶舍

茶舍位于山庄的中院，坐东朝西。门口的多肉植物摆放在造型迥异、年代不同的柱顶石上，铺垫了茶舍的典雅与古意。门楣上方的金色匾额"室雅茶香"与暗红色的底板分外醒目。进得门来，两根刻有花纹的长条旧木自房顶由四根麻绳垂吊而下，简约古朴，彰显着主人审美的大胆与独特。这两根木条是龙江老街拆房时，从一堆废弃的木材里淘来的。

茶海放置在靠东墙的地方，它的对面是七龙坐榻，雕龙画凤，工艺精湛，黄色的垫子衬托出坐榻的贵气。壁炉边是进里间室的一道门。门上方是一个大大的匾额，阳刻着"心存君国"四个笔走龙蛇的宝墨。大屏风的正面是百鸟朝凤图，有展翅欲飞的大鸟，也有嗷嗷待哺的幼雀，每一只都栩栩如生，如果你有兴趣可以数一数上面到底有多少只鸟儿。屏风背面是岳飞的《满江红》，阳刻的欧体书法，点画劲挺，欹侧险峻，充满了正气，给人以力量，默默诵读，民族自豪感油然而生。内室墙中央悬挂着"公忠启后"的匾额，两旁放着刻有"文房四宝""琴棋书画"的四层古色古香的柜子。书桌上木质摆件造型像鹅，扁扁的嘴里衔着大大的毛笔，富有雅趣。

我最喜欢茶舍西边的一排卡座，它算是茶舍的厢房，墙上挂着名人字画，一长排桌椅，保留着木材的纹理和原型，显得拙朴自然。门口有个吧台,坐在高脚凳上,向外望去,正对着紫薇园景。二楼的长廊像巨龙逶迤着直达地面,茂密的翠绿竹林衬托出黑瓦白墙长廊的雅致,造型嶙峋的怪石与高大秀美的紫薇树遥相呼应。晨曦里、晚霞中、艳阳里、细雨中,园中的景物各不相同,它像千变美女,只要你用心细品,总会有惊喜。

园中引人入胜的仅有紫薇树、茶舍?当然不是!

水体在中国古典园林的造园中扮演了重要角色,有"无水不成园"的说法。山庄里有七八个大小不等的池塘,貌似随意,实则用心,它们安静地分布在各个角落。有的种着睡莲,有的养着金鱼、乌龟,有的种着水葫芦,有的干脆养着太古石,太古石上有苔藓、石斛等喜阴的植物。

沿着园内一条曲曲折折的道路向上走,可谓一步一景,站在庄园的最高处向下俯瞰,园子呈"八"字型,田园、松舍、紫薇园景、茶舍、竹居花房等巧落其中。

粉墙黛瓦下,在转角、拐弯处一簇簇不常见的绿植总会映入你的眼帘。高挑、曼妙的亭台内,石桌石椅美人靠,独坐其中,可冥想,穿越时空与陆放翁同频共振,"醉翁之意不在酒,在乎山水之间也"呼之欲出;可静观,看庭前花开花落,望天上云卷云舒,放空心灵,悠哉悠哉!缩龙成寸、苍古雄奇的盆景随处可见,奇石陈列,每一处都匠心独运,浑然天成,充满野趣。

走进松舍,用料考究、做工精美的家具,应有尽有。罗汉塌、罩式架子床等,"红罗复斗帐,四角垂香囊",给人一种家的宁静、悠远的舒适感。坐在月亮形的空窗边,极目远眺,白云悠悠,奔涌肆意,连绵起伏的远山,或深黛或浅绿,层次分明,夹杂着稻香、花香、松木香的清风,带来了诗与远方。窗下大片的太阳花,开得热烈奔放,引得蜂飞蝶舞,老黄牛在碧绿的草地上静静反刍,四五只白鹤仙子伴其左右,或呆立不动、或梳理羽毛……欣赏着这大自然神奇的画卷,一时竟不知身在何方。在城市里待久了的人们,携家带口,在这里小住几日,不亦快哉!

松道旁的空地上,早有年轻人支好了烧烤架。茶舍是精神高地,美食则是亲善大使,炊烟袅袅里,滋滋的流油,四溢的肉香,那边餐厅里,早已摆上了新鲜可口的农家菜。人间烟火气,最抚凡人心,正如汪曾祺先生说的"四方食事,不过一碗人间烟火。"

太阳靠在了山后,晚霞满天,山风徐来,蝉鸣蛙叫,松涛阵阵。紫薇乐庐广场开启了一天中最热闹的模式,锅庄舞、广场舞轮番上场,各有其美,美美与共。K歌狂欢,一展歌喉。一曲刀郎的《罗刹海市》在山庄里久久回荡。

紫薇山庄犹如镶嵌在山水间的一颗明珠,熠熠生辉。徜徉其中,惬意享受,流连忘返。

# 四、光阴里的深情馈赠

# 时光不语　静待花开

眼前这棵龙血树，新绿的叶子充满了旺盛的生命力，窗外的骄阳洒过来，它愈发碧绿养眼。到过我家的朋友，都会夸赞它造型独特，粗壮的树干上顶着几片叶子。黑褐色的树干与嫩绿的叶子形成鲜明对比，颇有艺术造型，一改龙血树家族传统的模样。这棵龙血树何以成这般尊容，它还有一个曲折动人的故事呢。

2016年10月我家乔迁新居，朋友送来了一盆龙血树。这棵树，根深叶茂，碧绿可人，造型美观，长长的叶子像少女的秀发向四周散开，有半人多高。一家人甚是喜欢，浇水、施肥，用心呵护。两年多时间过去了，它没有辜负我们的养护，一路疯长，四个头怒指阳台顶，树冠占了阳台四分之一，又占地方又遮挡阳光。我思忖良久，终于在一个午后，找来工具，把它的四个头一一砍下，留下了一个大树桩，想的是，它过一段时间就会重新发芽，为了保险起见，我把砍下的树头插在花盆边上，兴许它也会发芽，一盆变多盆，这样一想，对它充满了期待。

很快插在花盆边的树头干枯被清理掉了。从树木葱茏到黄叶飘零，从雪花飞舞到小草发芽，我家的龙血树依然是老树一截，没有一点儿变化。先生略带遗憾地叹息：这树让你给折腾的，莫眼希（希望）活了。看着这个老树桩，我想把它扔出去，可它的根太过粗大，想拔掉它，可不是一件容易的事。这种树的造型不错，四季常绿，好打理，准备重新买一株。我也在花集上寻觅了好几回，要么太大，要么太小，有一次看到一棵是四头的，大小合适，只可惜我们要办别的事，置换的事也就搁浅了。

今年暮春时节，有一天下班回家，先生兴奋地把我叫到阳台上：嘿嘿，你看这是啥？哇！那个枯树桩上竟然发了一个芽！我的天！一年多时间，我以为它早就干枯了，几次差一点点就把它连根拔起扔掉！太不可思议了！枯木逢春！它居然发芽了。此后我们天天观察它，欣赏它，一家人围绕着它谈论，发了两个芽，三个芽……

进入夏天，它生命似乎也被彻底唤醒了，可谓一天一个变化，到新疆旅游十七天，它直接爆盆了。

看着眼前生机勃勃的龙血树，让我想起了之前看过的一个绘本故事《阿虎开窍了》。

阿虎是一只小老虎，他和爸爸妈妈还有几个动物朋友生活在一起。他什么都做不好，别的动物朋友都在看书、写字、画画，他不会；别人吃东西吃得干干净净，他却吃得邋里邋遢；别的动物小朋友早就会说话了，他还是不会！阿虎的爸爸很担心，可是妈妈却说阿虎只是开窍晚了些。

于是，阿虎的爸爸天天看着阿虎有没有开窍。阿虎的妈妈让爸爸不要一直盯着他看，这样的话他就不会开窍了。阿虎的爸爸能忍住不看吗？阿虎最后开窍了吗？

阿虎还是什么事都做不好：他不会读书，不会写字，不会画画，吃东西邋里邋遢，而且，连一个字也不会说。

## 四、光阴里的深情馈赠

"阿虎是怎么回事呀？"阿虎的爸爸问。

阿虎的妈妈说："没什么啦，阿虎只是比别人慢一点儿开窍。"

"那就好，慢一点儿总比永远不开窍好。"阿虎的爸爸想。白天，爸爸盯着阿虎看，看他开窍了没有；晚上，爸爸还是盯着阿虎看，看他开窍了没有。

"你确定他真的会开窍吗？"爸爸问。

"我们要有耐心。"妈妈说，"你一直盯着他看，他就开不了窍了。"

阿虎的爸爸看电视去了，不再一直盯着阿虎看。

下雪了，爸爸没盯着阿虎看，阿虎还是没开窍。

树发芽了，爸爸没盯着阿虎看，阿虎还是没开窍。

有一天，时候到了，阿虎开窍了！

他会读书了。他会写字了。他会画画了。他吃东西干干净净。他会说话了，而且不是只说一个字，他说了一整句话——"我都会了！"

正如凯文·凯利在《失控》中所说的："让生命自由地去他想去的地方，不必担心，他有自己的力量，会自己去适应。"是的，万物生长皆有自己的节奏，不必焦虑，不必内卷，时光不语，静等花开，所有美好的事物都值得等待。

柳暗花明的前夜一定会经历山穷水尽！

## 西关后街

　　我喜欢到西关后街散步。虽街道狭窄，路面不够平整，但人流稀少，鲜有车辆通过，倒也安静。街道两旁建筑属临时搭建，简单粗糙，有的土坯墙上画着红圈圈，赫然写着"拆"字。西关后街被南北走向的西一环路割裂为风格迥异的东西两部分。

　　西关后街西端，始于十号信箱的家属楼。越过汉水名城阆府别墅群围墙外便是20世纪七八十年代最引人注目的十号信箱的北家属楼群。站在街头，向北眺望，甬道旁高大的梧桐树盘根错节，将人们的视线引到那十几幢红色的六层筒子楼，它们安静地掩映在土杨树之间，街道南边的家属楼躲藏于一棵棵具有南国风光的棕榈树后，那白色的电视接收"锅"非常显眼，依稀见证着当年国营企业海红轴承厂的繁荣景象。两排低矮的房子夹着一条小街道，街道上有小卖部、理发店、面皮店、药店等，但少有人光顾。天气晴朗的日子，阳光透过香樟树的叶子，洒下斑驳的光影，一群老年人或晒太阳或打麻将或下棋，他们操着南腔北调，交流着属于自己的光阴里的故事。

　　走过十字路口，再往东走，景象大为不同。每天早上六点多钟，这里就沸腾了，各种吆喝声此起彼伏。清油锅站门前排了长

## 四、光阴里的深情馈赠

队,中段卖张面皮的,刀子不停地发出"嗒嗒"的声音,总也满足不了顾客的需求,遇到节假日,特别是炎热的夏天,需排长队才可买到。每到周日,那个操着宁强口音的中年男子一定会在原西关小学对面的香樟树下摆上两大筐鸡蛋,一层干绿叶一层鸡蛋,许是白白的鸡蛋与绿绿的树叶放在一起醒目、舒服,感觉那鸡蛋要新鲜一些、迎人一些,买他家鸡蛋的大多是老顾客。他家的鸡蛋比别家要略贵一点,与他讲价,他面带羞涩的笑意,语气委婉,但态度坚定:那价钱莫得少。

勤快的庄稼人避开农忙时节,将当季成熟的瓜果蔬菜摆在树荫下、道旁边,换取零花钱补贴家用。整条街道生意最好的要数中段卖菜的那小两口,他们操一口浓重的城固口音,年龄都在四十岁左右。他们家的蔬菜品种多,新鲜、便宜,顾客可随意挑选,遇到不自觉的人,把包菜、白菜外面的叶子撕下来说是太老没法吃,等付过款,走的时候又顺手塞在自己篮子里;有的把葱的绿叶子拧掉,只剩一些葱白,连自己都不好意思,讪讪地来一句"不好意思,一拧拧得有点多。"那男的总会哈哈一笑,一边称秤,一边回应"喔(那)是耍(啥)事,多来照顾几次,耍(啥)都在里头了。"那女的笑微微地也从来不多说一句,只顾给客人扯袋子,搭手装菜。有人想浑水摸鱼,顺上几个辣椒、蒜苗之类的,总有义务监督员吆喝"干啥哩?干啥哩!不能欺负实诚人!"人心里都有一杆秤,大家都愿意照顾他们的生意。

逛街最尴尬的是没有带现金。有时买了老人的菜,他不让你扫二维码,眼巴巴地想让你给他现金,问其究竟,他说微信码是家里年轻人的,把钱扫了去,又不给他,想使唤钱只能伸手跟人家要,不方便。有的干脆没有二维码,你得到别的商铺去扫码,换现金，遇上厚道之人，还算顺利，要是碰见难说话的，人家说忙得很，没工夫倒手续，运气不佳的话得走三四家才搞定。看着你把现金交到他手上，他千恩万谢，夸赞你是个大好人，其实也就三五块钱而已。这时我心里叮嘱自己下次出门一定要带点现金，上了年纪，尤其是不会使用智能手机的老年人，在城市里讨生活真不容易呀！

我喜欢将自己置身于这样活色生香、热气腾腾的生活中，眼观六路，耳听八方，心里却是松弛的，毫无目标可言，可驻足可抽身，可快走可慢行，可说话也可沉默，可购物也可两手空空……

每次走过西关后街，街的西段让人冷静，世事无常，荣华富贵都是浮云，争什么？什么值得争？街的东段，让我对"接地气最好的办法就是去买菜，一进菜市场就能感受到人间烟火扑面而来，你有再多的矫情和委屈都会掉在地上"这句话感同身受！亦如梁实秋先生写的那样：生活像极了生活。看透了生活的本质，依然喜欢这热气腾腾的日子。

人间值得！

## 安康印象

安康，陕南的一座城市，与湖北、重庆接壤，因其特殊的地理位置，这里不光有陕南的青山绿水，更有南方的闷热潮湿，交通枢纽就更不用说。2013年9月14日—9月29日，我在此学习生活了半个月，安康给我留下了深刻的印象。

"哗—哗—"，楼下的清洁工开始扫地了，食堂的工作人员开始了做饭的准备工作，说话声夹杂着脚步声和抬东西的吆喝声，随着浓郁的桂花香从窗户的缝隙里挤了进来。时针正好指向清晨五点半，几声清脆的鸟鸣将我彻底从朦胧中拉回。

起床吧，穿上运动服去晨练。安康学院的校园里安静极了，除了几个食堂里有灯光、人影，其余是一片麻麻黑。偌大的操场上有三两个跑步的，乒乓球案边，有的人开始打球了，有的人还在眼巴巴地张望自己的球友。

出了校园就来到了育人路，街道两边的小吃店早已灯火通明，准备好的早餐冒着热气招揽着顾客。靠右向上走，第二个小巷里，是个卖蔬菜、卖早点的地方，赶早市的农民挑着刚刚从菜园里采摘的萝卜、葱子、黄瓜等，量虽不多，但新鲜得很。巷口有个卖馒头花卷的，往里走一排有五六家卖炕炕馍的。炕炕馍是安康的名小吃，它有两种，一种是又薄又酥、圆圆的上面撒满了芝麻，据说即使在夏天也可以放上十天半月的不会坏；另一种也是最普通的，厚一些，软一些，也有芝麻，可夹菜、夹肉。那几家的我都品尝过，就算同一种的炕炕馍，各家做的也是各家的味道。我发现通常打馍的女主人，如果丰满些，那她做的馍口味就重一些。夹在卖炕炕馍中间的是卖水煎包的，平日里我是不吃这些的，油炸油煎的东西热量太大。但走到她们家的摊位前，我居然挪不动脚了，老板娘大致有四十岁，干净利落，脸上挂着浅浅的微笑，这可很难得呦，观察过很多卖小吃的，大多面无表情，收钱递东西，很机械。见我打量自己，她笑微微地说："要几个包子？""包子馅新鲜吗？""新鲜，刚刚拌的。"粉条拌韭菜，很是清爽。"来一个吧。"当我咬第一口时，那清香那感觉，一下子找到了多年前在家时母亲做的包子的味道，我一连说了几个好吃。老板娘笑得更开了，"谢谢你的夸奖。"

　　以后几天我都到她家去买，给自己、给寝室的同伴分享。相对于东巷口，西巷口就安静多了。做蛋糕的睁着惺忪的睡眼取门板，往里走，光线很暗，两边都是民居，低矮破旧。偶有早起的人站在门口发呆，倒是那做零工的大婶，早已将缝纫机搬了出来，缝纫机的"嗒—嗒"声打破了巷道的宁静。巷道的中段有一道城门，拱形的，青砖和着泥土，门楼上长有小树和杂草。踩着青石铺成的街道，看着古老的城门洞，古朴、宁静、苍凉的历史感扑面而来，我竟有一种穿越的感觉。

　　巷子的尽头又热闹起来了，几家蒸面铺子，生意好得很。蒸面也是安康的名小吃。它既有汉中面皮的特点，用面粉蒸的，薄、软，又有武汉干拌面的影子，调的是芝麻酱。蒸面最能体现安康的地理特点，介于两地之间，它杂糅了汉中和武汉的精华。

出了安康学院往左转，那情景就不一样了。安康中学紧邻安康学院，此时安中校园光明一片，琅琅的读书声，加快了那些走在路上的脚步声，走路的，骑车的，个个急匆匆忙忙地向学校赶。汉滨初中附近的小吃摊前生意红火，许多学生围在那里，指指点点，这个要馍夹菜，那个要馍夹肉。学生们背着书包，一手提喝的，一手提吃的，边走边聊，偶尔还有几个打打闹闹的，孩子的世界永远是动态的、跳跃的。

汽笛声，走路声，大妈广场舞的音乐声，还有那太阳的加盟，将安康彻底叫醒了。

# 安康的夜晚

当最后一抹夕阳躲在高楼后,安康的夜晚悄然降临啦。站在立交桥向西看去,金牛路灯火辉煌,车水马龙,人头攒动,这是安康最繁华的地段,商铺林立,买卖甚旺。主街的两边过一段就有小巷,悠长的小巷里的小店,主要经营小吃。入夜时分,约几个朋友,点几盘小菜,温一壶拐枣酒,浅饮着,畅谈着,欢笑着,好不惬意。顺着主街一直向西走,就来到了安康市民引以为自豪的地方——汉江边。此时汉江两边的灯光放射出迷人的色彩,河对岸的安澜楼飘渺而神秘,五颜六色的灯光洒在清澈的河水里,人、树、花、草显得那样的柔美,脱俗,和谐。河岸边可热闹了,有飙车的,有跳街舞的,有跳恰恰舞的,要说阵容大、声势强,还要数大婶们的广场舞,几百个人,步调一致,整齐划一,看得人不由得也扭起来唱起来。城楼上,也就是堤岸上,有悠闲散步的,也有步履匆匆的暴走族,更有来观光旅游的,拿出手机"嚓、嚓、嚓",这美丽的夜景,这祥和的画面,走进了游人的手机里,走进了游人的心坎里,走进了游人的记忆里。

可以这么说,爱运动的安康人,不在汉江边,那一定在去香溪洞的路上。香溪洞在安康的东郊,距安康学院的后门大约有三公里。吃罢晚饭,早已换上运动行头的人们或约三五个同伴,或独自一人,快步加入去香溪洞的人流。不知是走这段路的中老年人居多,还是一直在走上坡路的缘由,没有喧嚣,没有嘈杂,有的只是不停的脚步声,二十几分钟就来到香溪洞的洞口,进入山的怀抱。此时的山林呈黑绿色,再远一些的是纯黑色,山上茂密的松林,散发出淡淡的松香味,据说松香具有镇定的功效,这也就明白了为什么疗养院都会有松树的身影。越走山越陡,微微出汗了,我站在福道旁边,回头一望,安康城落在低洼里,城里的灯火宛如一条蜿蜒盘旋的火龙,又如在山路上赶集的人擎着的火把。夜色越来越浓,四周黑压压的,路旁的灯光显得那样的昏暗,高悬的月亮则衬出夜的静谧。散步的人也已返回。偶有几对恋人窃窃私语,完全忘记了周围的一切。这时,真有点分不出哪是天上,哪是人间,只愿时间在这里停留,日子这里定格。

  这也就印证了我对安康的印象,安康人少有胖子,身材小巧玲珑,这恐怕全拜这一山一水所赐啊!水的灵动,山的稳健,构筑了大美安康。

光阴里的故事

# 龙头山归来不看雪

早就听说龙头山景美,春有山花烂漫,夏有绿树成荫,秋有油画森林,冬有玉树琼枝,只是我一直未曾去过。趁着难得的冬阳,随旅行社前往,想一睹它的真面目。汽车穿过闹市,走过乡村,一进山区就开始小心翼翼地爬行。

龙头山,龙头在山上,那么龙身在哪里?龙尾又在哪里呢?车窗外,青山在左,挂满了白霜,绿水在右,山泉一路欢歌向大山深处流去,夹在其间的是蜿蜒盘旋的山路。远远看去,一条白色的带子,时隐时现,莫非那就是见首不见尾的神龙?经过近一个半小时的车程,我们来到了目的地。环视四野,残雪在消融,零星的雪花散落在高高低低的树冠上,地面上堆着些结了冰的雪,有的白,有的黄。难道这就是传说中美得令人窒息的龙头山雪景?

穿过游客中心,台阶上早已站满了等候缆车的游人。好在一个车厢可以坐八个人,很快就轮到我们了。坐在缆车里,放眼望去,"山舞银蛇,原驰蜡像,好一派北国风光!""看,冰吊吊,美滴太!"同车的西安游客发出了惊叫,顺着他指的方向,半山腰间几尺长冰凌,有序地排列着,酷似水晶帘子,它会是谁的一帘幽梦呢？越往上走，这样的冰凌越多，仰视森林，枝叶上面白雪覆盖，下面还能看清绿植。出得缆车，两部电梯，从天而降，横亘在眼前，电梯外是错落有致的白雪花团，像棉花，像云朵，像荷花，像……"忽如一夜春风来，千树万树梨花开"的诗句随口而出。电梯徐徐而行，我恍若走进了天宫，回头一看，自己宛如在云端里腾云驾雾。

　　行走在栈道上，头顶树枝上的积雪随着微风簌簌地散落下来，它像调皮的小精灵，一不留神钻入你的脖子，亲吻你的脸颊。转过一个山头，风大了一些，积雪被吹散，雪粒像天女随手撒下的玉屑，又像小龙女任性抛出的钻碎，不管不顾地飞入万丈云海里，银光闪闪的雾凇与虚无缥缈的云雾相互映衬，别有一番韵味。云海在山谷间悠悠地向西飘移，有时淡，有时浓，远处的山依稀可见。同行的人说，那云海像是龙王吐出的仙气。

　　再往上走，云海已彻底覆盖山谷，人好似在天上走，脚下踩着祥云。来到龙隐台，这是龙头栈道最后一个观景平台，登高远望，豁然开朗，云雾变幻莫测。雪松造型奇特：有的像雄狮怒吼，有的像金猴捞月，有的像小狗撒欢，有的像羊羔跪乳，有的像孔雀开屏，有的像龙爪，有的像珊瑚，有的像仕女。一步一景，步步惊喜！人仿佛置身在童话世界里，满眼都是粉妆玉砌，伸手可得琼芳。

　　在城市的钢筋水泥里压抑久了的人们，看到这般仙境，"老夫聊发少年狂"，忍不住在雪地里打滚，滑雪，高歌；孩子们更是欢喜，堆雪人，打雪仗，用模具做个小鸭、宝葫芦，迎着阳光眯着眼睛，欣赏自己的杰作。更有爱拍照的美女，身着红袍，头戴凤冠，活脱脱地昭君出塞；也有中年夫妻，你往我头上撒一把雪,我往你头上撒一把雪,哈哈哈,一不小心就白了头,"天长地久有时尽,此恨绵绵无绝期",一头的白雪重温了婚礼上的誓言;"龟儿子,给奶奶阔一张噻。"四川老奶奶身着盛装,早已伸出了剪刀手……

返程时,龙头山美景上了中央电视台新闻联播,朋友圈刷爆了。是呀,龙头山是中华巨龙的一部分,它一定会和中华巨龙一起腾飞,傲然屹立在世界东方!

# 藏在深山人未识　世外桃源好避暑

　　偶然从朋友那儿得知汉中宁强有一处避暑地——天湖，它属于二郎庙镇水田坪村，距离汉中110多公里。周末约了友人一同前往。

　　说真的，初到天湖度假民宿，我多少是有些失望的。偌大的院子只有我们一行七个人，微风拂过，杂草自由地结籽，凉亭也无绿水环绕。温度也没有想象中那么舒适。

　　站在二楼向窗外望去，满眼绿色，农舍掩映在绿树间，青青的雪梨密密地挂在两棵树上，伸手可得。蜻蜓不知疲倦地飞舞嬉戏，聒噪的知了在林间拼命地嚎叫。"轰隆隆"雷声从天边滚来，一会儿雨滴滴答答地落在树叶上。渐渐地，身上的汗水没有了，心也安静了下来，打开随身带的书有滋有味地读了进去。

　　傍晚，夕阳染红了山林，山林映在静静流淌的小河。河流将村子安放在它的左右两旁。此时此刻小河完全属于我们，沿着它蜿蜒的河道漫步。红色的、黑色的、绿色的蜻蜓一会儿停在你身上，一会儿落在不知名的花朵上，牛虻"嗡嗡"地毫不示弱，一直跟随着我们。"香！真香！"空气中夹杂着甜丝丝的蜂蜜味道，深深地大吸一口，沁人心脾，原来右边的山崖上挂着几个蜂箱。

走累了，坐在青青的大石上。脚伸进清澈见底的河水里，瞬间让你透凉，似乎把连日来的暑热通通地从脚板退了去。山谷里刮来一阵风，顿时手臂起了许多鸡皮疙瘩。此刻，我真的有点怀疑，前几天真有那么热吗？

　　天湖给我带来的惊艳是走进它的怀抱。天生桥水库又叫天湖，是国家一级水源保护地，是宁强县城唯一的饮用水水源地，也是二郎坝天生桥水电站修建成后形成的人工湖。为了保护水源地，它没有像样的码头，码头就在陡峭的乱石林里。远远看去，湖周万山环绕，它夹在两山之间，蜿蜒十几公里，据说坐船可以到黎坪去。天湖像一面镜子，静静地映照着蓝天白云，又像一块无瑕的翡翠。当真它一点儿也不输给漓江静、清、绿的水。游船打破了它的宁静，站在甲板上，两岸苍翠的林木、形状各异的石头向后退去，湖面时宽时窄。偶尔有白色的水鸟从空中飞过，凉风习习，有说有笑，岂不快哉！

　　"快看！"迎面是一座铁索桥，横跨在两山之间甚是雄伟。善解人意的船家将船停泊在岸边。我们拾级而上，桥的这头是四座黑瓦白墙的农家小院，宽敞的道路直达干净整洁的庭院。老人在树下乘凉，他介绍这座铁索桥是2008年地震后政府给修的。一只大白狗在和抓来的耗子做游戏，爪子轻轻按着耗子，玩累了，它卧在耗子旁边龇着牙，吐着舌头，咧着嘴看它的战利品。桥的那头是茂密的玉米地，粗大的玉米棒子斜斜地紧紧抱着玉米秆子，丰收在望啊！我们返回船只时，那只和耗子玩耍的小家伙走在前面引路，当我们离开岸边跳入船舱时，它静静地立在岸边，目送着我们，久久不愿离去。多有灵性的好朋友啊！

　　山村的早晨是宁静的。浓雾将山头、远处的村庄紧紧锁住。

一排排整齐的三层楼房是移民搬迁点,小广场上有塑胶操场,有各种健身器材。木制的长廊静静地停靠在小河边。早起的鸟儿在树枝上,在屋檐下起起落落,叽叽喳喳。谁家的屋顶上飘来袅袅炊烟。恍惚间,我觉得走进了世外桃源,安静、富庶,偶尔有一两个村民走过,他会笑着跟你打招呼。小山村充满着朝气和希望。

美好的时光总是这样匆匆,只是还有别的事要办,不得已返程,多么想在这多住几天啊!

# 胖胖和小刘

胖胖和小刘是老母亲养的两只狗。从辈分上来讲它们应该是表兄弟，有血缘关系，但从外形样貌、脾气秉性、狗狗品格来讲却相差万里。

胖胖，一身干净蓬松的白毛，让它本就高大的身形显得威武粗壮，走起路来，有点扭捏笨拙。翘翘的白睫毛，黑色晕染的眼线，让黑溜溜的眼睛更大更亮。白白的脸庞上，黑黑的鼻头与黑黑的眼睛互为呼应，煞是好看。但它对自己的外形美浑然不觉，你端详它时，它藏起温和的眼神，害羞地垂下眼帘，有时会轻轻扭转脖子，假装看别的地方。

母亲说：她养了一辈子狗，数胖胖最通人性、贵气。母亲在地里干活，它会默默地跟在后面。遇上天气晴朗，鲜花烂漫，蝶舞蜂鸣，它会在花间追蝶，弄一身花粉，卧在斜坡上，伸出红红的舌头梳理它的长毛。有时橘园里蹿出一只野兔，它一改平时慵懒、松弛的做派，像一支离弦的箭，"嗖"地飞出，吓得灌木丛中的锦鸡、麻雀等"嘎嘎""喳喳"地乱飞乱叫。许是用力过猛，胖胖从陡坡上重重地滚下来，兔子早就不见踪影，自己却瘸了腿。母亲心痛地数落它：你简直就是狗追汽车——摸脑筋！能得很！还追兔娃哩？这倒好，腿摔痛了吧？它像做了错事的孩子，耷拉着脑袋，任凭主人责备。回家时，它依然如故礼让母亲走在前面。有时候母亲上街去办事，胖胖跟随在她身后，到了村口，母亲说：你回去好好看门，我过一会儿就回来了。胖胖得到指令，马上折回去，等到母亲赶完集，不管早晚，走到村口，胖胖准会摇着尾巴，快蹦乱跳地欢迎着它的主人大人回家。

说它贵气，一点也不假。它肚子再饿，如果没有主人的恩准，它绝不会擅自做主自行解决，更不会在别家偷吃东西。每顿饭前，它定会伸出两个前爪，将身子匍匐在地上，向后一伸，像在感恩感谢主人给它的美食。

小刘是胖胖姨家的孩子，刚出生妈妈就不在了。母亲用奶粉把它养了三个月，邻居稀罕它，就送给他们。可能是没有母乳的喂养，它个头不大，毛色也不光滑。它的眼神是游离的。你看它，它不看你，你不看它，它又会冷冷地扫你一眼，这可能就是传说中的偷眼子看人。

它时常在草垛里、井沿边随意大小便，为此挨过许多次打，但它屡教不改。春天母亲买了八只小鸡罩在院子里，母亲在地里转了一圈，结果小刘偷吃了四只，老母亲气得一边拿棍撵它，一边咒骂：这畜生一点儿都不让人省心，明明送给别人家了，你还天天回来祸害人，别让我再看见你，看见了我就把你撵了鬼！在邻居家它依然贼心不死，放着现成的饭菜不吃，偏要爬案板、上灶台，翻箱倒柜找吃的，好像它永远都吃不饱。把人家满满一筐鸡蛋糟践得一塌糊涂，结果邻居家也把它撵了。不干好事，吃东西时最积极。

母亲越说越生气，我逗母亲说：您老人家别生气，它就是小刘嘛！母亲一脸不解，我给她讲"小刘"的来历，还没讲完，母亲就哈哈大笑起来：这个名字起得好！起得好！它就是捡那个人的样样吗。

母亲常常和我说起村里一个姓刘的妇人，平日她田里、地里干起活来像个小伙子，但是邻居家里有个红白喜事，需要大伙搭把手时，她的腰也不好了，腿也挪不动了，但等到吃饭的时候，她第一个坐在桌子边，平时她总说眼睛雾不好使，但每次她准会把鸡大腿、瘦肉块等夹在自己碗里，慢慢享用。要办庙会了，大家都从家里拿些米、面、油、菜等，提前都到庙里忙碌，那个刘，不是说自己家里正好没有粮食了，就是自己腰疼的毛病又犯了，总之她既不想出物也不想出力。等到庙会那一天招待四邻八乡的香客时，她准会如法炮制，占据有利地形开吃。走在别家的菜园子里，她总会顺上几个辣椒、几根葱子……和她打过交道的人都称其为：铁公鸡一毛不拔，而且是牛犄角上抹油——又尖（奸）又滑。

自从我给它起了这个名字后，每每叫它，都忍俊不禁。每次回家我都会特意带点火腿肠、骨头之肉的狗食，趁小刘不在的时候，给胖胖扔几块。结果，小刘神不知鬼不觉地蹿出来，霸气十足地抢在前面，把大骨头按在爪子下，伸长脖子又叼一根火腿肠占在嘴里，有时还在胖胖嘴里抢吃的，而胖胖不急也不躁，按照自己的节奏细嚼慢咽，看得人生气地说：就你没出息！当然小刘也有不得手的时候，有时我们吃饭时，它不在，我们把好吃的都给胖胖。

我常常琢磨：胖胖和小刘的前世是什么？胖胖谦让有礼，忠诚老实，招人喜欢，生活回馈给它更多的是关心关爱；小刘偷奸耍滑,巧取豪夺,便宜占尽,不受人待见,走到哪里都是嫌弃、呵斥和棍棒。

  细品胖胖和小刘,有点意思!

(写于 2022 年 11 月 22 日)

# 柚子　柚子

敏敏家的狗狗生了三个仔仔，她把品相最好的那个送给了我们。到我们家那天，朋友送了好几个柚子，因此就给它取名柚子。"柚子!"听到叫声，它看你一眼，眼神友善、萌萌的。柚子是泰迪犬，它把泰迪的品质特点发挥到了极致。聪明、活泼、装可怜。

傍晚时分我们在操场散步，它尾随着，走着走着就掉队了，毕竟才四十几天，抱起它，它会扬起小脸，蹭蹭你的衣服，水汪汪的眼睛笑微微地看着你。随着时间的流逝，它长本事了，不需要我们抱了，有时走在我们前面，有时夹在我们中间，有时为了显示它男子汉的力量，一出家门，"嗖"地一下就不见了，它在草坪上狂奔、撒欢。如果速度把握不好，摔跟头那也是常有的事。

"柚子!柚子!"认识它的人越来越多，我们院子里的，隔壁院子里的，大人、小孩见了就叫。听到小孩叫，它会冲着人家大吼，吓得那小孩扑到妈妈怀里，不敢吱声；要是遇着大人叫它，它会亲昵地抱人家的腿。柚子最不能自控的是见到自己的同类，老远见了就往人家跟前狂奔，摇尾、嗅闻、亲吻、抱头……嘴里还发出奇奇怪怪的声音。如果遇到那些性格内敛的,它给人家示好不成,就冲着人家狂叫,扑上去就开撕,不管你是狐狸犬还是吉娃娃、中华田园犬……它都会不管不顾,那气势往往吓走了体形大它很多的家伙。

它很黏人,尤其黏我,寸步不离。我择菜它会蹲在跟前,打哈欠、做伸展、翻跟头;我炒菜的时候它会舔脚抱腿,稍不注意就踩到它了,疼得它哇哇乱叫,就地打滚;吃饭时它在左右乱蹿,眼珠子跟着筷子转,偶尔我会挑上几根面条逗它,它就把前腿收起,整个身子站了起来,"蹬蹬蹬"地在院子里走,直到吃到为止;我上厕所的时候它也跟着,我感觉它就是不会说话的"小人儿",它站在面前我觉得不好意思,让它在外面等,它就在操场玩,过会儿它就过来"嗯"地叫一声,听到回应,它又跑了。

那年除夕,我在老家过的。我去房前邻居家如厕,没有灯,我用手机照明,柚子自然跟着,我对它说外面又黑又冷,你回去吧。过了十几分钟,我听到了"嗯",柚子!是我的柚子!它过来接我了,我瞬间被幸福包围了,一股暖流涌向心间,真是有温度的小可爱!我紧紧地抱起它,好柚子,你是我的好柚子!

听说人的名字和命运是息息相关的,那狗的命运和它的名字是否也是息息相关的。柚子,谐音"游子",它的命运是否真应了它的名字要四处漂游?

临近开学,家里没人照顾柚子,它该怎么办?群群的女儿航航特别喜欢狗狗,送给她们。它倒是不执着,走一处爱一处,很快和航航成了形影不离的好朋友,学会了坐电梯。天性使然,活泼好动,把人家一套贵重的茶具打碎,它又使用起犯了错误装可怜的伎俩，蹲在墙角，耷拉着脑袋。航航把它当女孩打扮，穿起了花衣服，有点娘，有点媚，有点妖。

  惠惠的女儿朵朵也很爱狗狗，放假时柚子到了她们家，这下好了，柚子变成了公子哥，坐上Q5去兜风，背上书包去汉中中学门口逛，非沙发不睡，午后它会慵懒地喝个下午茶，偶尔到我们院子里，给它吃的，它会显出不屑的神情。很快朵朵要去上海就职，航航也要上六年级了，柚子又回到敏敏家了，之后敏敏把它送到乡下娘家，再后来又送给她朋友，她朋友要陪读，柚子也就到了西安，从此再也没有见过它。

  哎，这个"游子"呀！我常想柚子会不会想起我们，就像我们想它一样，想起它曾经的主人，想起它曾经的美好生活……

  每次在街上遇到泰迪狗狗，我总会不由自主地叫两声："柚子！""柚子！"

  柚子你还好吗？

# 小生活大学问

与小杨老师相识缘于那次难忘的菲律宾之旅。她是一个有趣、活力四射的女孩儿。在异国他乡的夜晚，她一丝不苟、近似苛刻地教会了我游泳，验证了别人对她的评价：工作起来是个汉子，像个拼命三郎，认真，负责，对学生宽严相济，亦师亦友，深得学生、家长的喜欢和认可。生活中她又将女人的精致、妩媚、温柔发挥到极致。好看的皮囊千篇一律，有趣的灵魂万里挑一，她恰到好处地将好看与有趣融为一体。她善于在寻常的生活中捕捉一些镜头，感悟一些道理。

春暖花开的日子，我们相约在花果山。走在阡陌纵横、开满小花的路上，她给我讲了一个故事：有一天晚上，她在客厅里练瑜伽，调整呼吸，渐入佳境。潺潺的水声在耳边响起，那是左边靠墙的鱼缸里发出来的，缸里的金鱼，光鲜亮丽、形态各异，在水中游来游去，甚是养眼。但是，她不怎么喜欢金鱼，它那么高冷、骄傲，孤芳自赏，主人也只能对它敬而远之，始终无法亲近。右边卧着的是小狗，它的眼神一刻也离不开主人。她上班走了，狗狗就卧在门口等她，她一进门，小狗就欢喜万分，它给主人拿拖鞋，摇尾巴、求抱抱。偶尔带它出去玩，它高兴得不知所措，打滚、撒欢，一句话，她就是它的天，她就是它生命的全部，她就是它的全世界，被需要是一种幸福。所以啊，这个狗狗呢就特别特别上她的心。从这她悟出了这样一个理儿：再美的人儿，如果她高傲，整天端个架子，不和别人交流的话，你很难跟她（他）建立起真挚的感情。就算是最普通的人，只要常常交流，以诚相待，终也可以擦出火花。从这不难发现，关系的好坏，跟外表，没有多少关系，最最直接的关系是与其交流，网络语是盘他。

她的话引起了我的共鸣。生活中那些自恃有才，把自己高高悬在空中的人，俯视着身边人，身边人自然也就够不着他，久而久之，他也就成了孤家寡人。我身边就有这样一个人，他确实有才，数学是他的专业，书法、乒乓球、羽毛球是他的强项。但他有个口头禅：你说得不对。开口闭口就是：我上学那会儿……他是一个部门的负责人，他觉得手下都是一群混日子的人，啥都不会，写材料、做报告……凡事他都亲力亲为，只可惜一个人的精力终归有限，工作漏洞百出，领导批评他，他非常委屈，全单位属他最辛苦，那又怎样？工作滞后，领导不欣赏，手下人苦不堪言，到如今他都没有明白其中的原委。

有才且傲谓之狂，古往今来，狂人的下场都不会太好，最经典就是祢衡。祢衡非常有才，著名才子孔融都极力推崇他，但此人恃才傲物，一言不合张口就骂，在曹操那里骂曹操，上演了著名的"击鼓骂曹，"曹操不好杀他，把他送给刘表，他又骂刘表，刘表也不好杀他，又把他送给大老粗黄祖，最后被黄祖所杀。

小生活，大学问，喜欢。

（写于2020年4月26日）

# 那一条山路

我的老家在丘陵地带，九岭十八坡，地无三尺平。村后一条弯弯曲曲的道路，坐落在拔地而起很显突兀的高梁上，它像一条昂首欲飞的巨龙，一路上游，在秦岭南麓崇山峻岭间逶迤徘徊。

每次回老家，我总喜欢来到这条既是路又是梁的地方看看。天气晴朗，登高远望，河流、村庄、树木尽收眼底，朱鹮在碧蓝的半空中翩跹起舞，喜鹊在高高的树枝上喳喳报喜，一排排拔地而起的高楼，一座座现代中式庭院取代了低矮陈旧的农舍。

小寒时节，天寒地冻，我受同学邀请，来到了她位于北山脚下的家里吃泡汤。吃罢午饭，我便与同行的友人，迫不及待地走向那段既熟悉又陌生的山间小道，让人不由得穿越到几十年前，那些人、那些事从心底慢慢溜出，徐徐呈现在眼前。

这条路是自然形成的还是走得人多了踩踏出来的？没人知道。从我记事起，这条路就是附近几个村子进山的必经之道。那时的路面是自然形成的鸡蛋大小的料姜石。光脚走在上面像刀割一样，我龇牙咧嘴，看着满脚的血泡，爷爷风轻云淡地说：慢慢地长出茧疤就好了，我们的脚是铁板，走在料姜石上，一点儿感觉都没有。大概爷爷说的是真话，渐渐地我能光着脚丫在石子路上自如地奔跑。提了筐子沿着这条小路，在路的两边岭下，或白家口村一带找猪草。在月光如洗的夏夜，萤火虫提灯照路，我们越过高粱低坎，或小跑或匍匐，到邻村去偷豌豆荚，慰藉那总也吃不饱的肚子。时光荏苒，几度春秋，我的活动范围越来越大，由丘陵来到浅山。几场秋雨过后，雪山、景家山上的韭菜、地软都等着我们去掐、去捡拾。下午放学后，我随便扒拉两口饭，呼朋引伴，连蹦带跳，一路欢歌。微风斜雨，不用戴雨帽穿雨衣穿雨鞋，我们分散在山里的各个角落，寻找着油绿绿、黑绒绒的心头好，傍晚时分，山"神"率先戴上了白蒙蒙的"帽子"，提醒我们快快回家，慷慨的大自然总会让我们满载而归。当然，顺手摘了几颗还未成熟的铁蛋一样的绿橘子，让人家追得满地跑也是常有的事。

哥哥比我大三岁，他基本不在浅山一带活动，不上山便罢，一进山就往后山里走。天不亮就出发，从眼下这条路，翻过三座山，一直走到后山老林，在夜幕降临的时候，哥哥担回了一担神气十足的"硬柴"，一家人围着哥哥，边吃晚饭边听他讲山中的趣闻，什么锦鸡领了一群小仔啦、饿狼嗥鸣的叫声啦、野猪的粪便啦……母亲总会叮嘱我，那些"硬柴"平时不能烧，它是过年煮肉、烤火的宝贝。哥哥走了多少趟山，担了多少担"宝贝"，没人统计过。

炎热的夏天，是母亲最辛苦的季节。除了夏收、夏种、夏粮入仓外，最重要最累的活儿就是割牛草、晒牛草。每天鸡叫头遍，她就一骨碌起床，炕上两锅饼子，冲上一碗红糖开水，莺歌小唱地向山里进军。浅山的草早已被割光，只能到后山去寻觅。弯腰，挥镰，一把把青草，带着它独特的香味，在母亲的手里聚拢着，一把又一把，捆了一捆，再捆一捆。尖担两头的青草，在母亲有力的步履里，和着山涧清泉的"叮咚"声，在山谷的风中，有节奏的闪动，小路在母亲的脚下向后退去，退去……一直退到自家的院坝里，我们像宝贝一样把一捆捆的青草铺开，轻轻晾晒在院子里。母亲喝一碗凉水，垫一点儿饭食，又准备出发。父亲生气地将尖担、镰刀扔在外面，不让母亲再去，说人总归不是铁打的。母亲笑着一言不发，悄悄拿起工具，又走向了那条通往山里的小路。一天两个来回四次，母亲从家里到山上，又从山上回到家里，两担草从山上挪移到院子里。一天又一天，几十天过去了，晒的牛草被打成捆子，整齐地码放在院子里。当一捆捆的干草变成垛子后，母亲又一次把干草搬过去交到生产队，换来或多或少的口粮。

如今我又走上这条山道，多年人迹罕至，两边的小草让路变得更小了，有些路段几乎找不到。山上的松毛厚得像毯子，最下面的早已变成腐殖质了。我恍惚看到母亲擦一把汗水，看着白花花太阳底下的这条蜿蜒的小路，与同伴们畅想：啥时候能把这肩上的尖担扔掉，再不走这条山路，就算过上好日子了，她同伴笑道：除非狗不吃黑馍了。

如今山下的路早已变成柏油路，料姜石不见了踪影，路两边的坡地上栽种着橘子树，金秋时节，漫山遍野的金蛋蛋，映红了庄稼人的笑脸。山上的路时隐时现，当年健步如飞的中年人如今已是耄耋老人，当年的小松树早已变成参天大树。岁月如歌，父辈们的梦想早已变成现实。沧海桑田，国泰民安，不禁感慨万千。

我踏着母亲的足迹，在山路上走着，走着……

（写于2024年1月15日）

# 人在旅途

当我从西安宾馆办完退房手续，匆匆忙忙拉着行李箱，走在洒满冬阳的人行道上，感觉气温没有比前几天寒潮来袭时回升多少。西北风依旧像一群饿狼，嘴里发出"呼呼"的叫声，不容商量，紧紧裹挟着行人，豪横地从你脸上、身上划过，似乎要把你身上的热量统统吸走，我下意识地把衣领竖了起来，快步行走与之对抗。

## 让 座

从南稍门地铁 B 口进站，我乘上了去西安北站的地铁，满眼都是挨挨挤挤的出行者，老老小小，男男女女，坐着的，站着的，提包的，背包的……大多面无表情，沉浸在自己的世界里。"饿狼"被挡在了车厢外面，顿时温暖了许多。人流将我停滞在离出口不远的地方，数了数此去一共12站。在钟楼站我得了一个座位，拿出手机看学习培训群里发出的物品招领及主办方老师祝学员们返途愉快的信息。

北大街是西安以钟楼为中心辐射的四条大街之一，南起钟楼，北至北门（安远门），为西安城内北向出城的主要干道，由此可知北大街站的吞吐量。"往里走！往里走！""哎呀，我的脚。""抱歉!"……

各色人等在我面前挪过,其中一位皮肤黝黑的中年男子引起了我的注意,他穿着薄薄的外套,衬衣领被背上的大背包撕扯得一高一低,两粒解开的扣子,露出了他粗粗的脖子,他手里提个大塑料袋,紧贴着他的是一个头发雪白的老人,手里提着一个蓝色公文包,看样子他俩应该是父子关系。我起身让位的同时,那个中年人嘴里嘀咕着:等下一站看没有座位……中年男子先是愣了一下,进而满脸感激地说:"谢谢,我父亲才做了一个大手术,你看这个塑料袋里全是他拍的片子。"我吃惊地又一次把目光投向了老人,雪白的头发,一丝不乱地向后背着,黑色毛呢大衣里,蓝色毛衣领向上翻着,里面是黑色高领内搭,炯炯有神的眼神只有向下看时才略显疲惫,腰背挺直,双手放在腿面上,我思忖着老人家应该是国家公职退休人员吧。见有人打量,他微微一笑,用夹杂着陕北方言的普通话和我交流起来:"现在医院的病人太多了,我前一段时间做了手术,住了十几天院,这次来西京医院是做化疗的,有一个人等了七天,才住上院,他住的就是我的床位。"老人的声音很轻,神情很平静,好像在讲述别人的事。老人的儿子接过话:"我从早上八点钟开始办出院手续,一刻也没有停下来,到现在估计该有两万步了。"看着眼前这个微胖的中年人我由衷地感慨:"你可真不容易呀!你是个大孝子!你们是陕北的?你们家几姊妹?"

"你一定也是孝顺的人,我们是山西运城的,家里三个子女,我老二。"

"老二,我也是老二,书上说一般家里老二就是干活儿最多的,在家没啥地位,而且受气最多的那一个。"

"哈哈!你说得太对了!这几条我全部占齐了。"他开心地笑了起来，忽然又神色黯然长长地出了一口气："只要老人家身体好，比啥都强。做儿女的累点、苦点都没关系。平时他身体挺好的，保持着军人的作风，爱锻炼。今年10月份，突然尿血，越看病越深了，才到西安医治，胆管癌，唉！还要做7次化疗，每次得3天，还不知道是啥结果哩。"坐在老人两边戴着运动帽子的两个年轻女孩，终于睁开了一直闭着的眼睛，用眼神与我们互动了一下，身子向边上欠了欠，算是给老人挪宽了地方。

在西安市图书馆站下了一拨人，我和那个中年人在老人的对面坐了下来，也许他太累了，也许他依然接受不了那个曾视为大山一样的父亲，怎么突然就病得这么严重的事实。他把头靠在椅背上，把包放在脚边，闭着眼睛，眉头紧锁。

看着地铁里上上下下的乘客，我想告诉旁边这个身心俱疲的中年人：每个人都会遇上自己的至暗时刻，每一段生命都有特殊的使命和担当。就像火车有在广袤的平原上呼啸而过的气势，也有一头扎进黑暗山洞里，在崇山峻岭之间轰隆轰隆地奔跑着、喘息着的无奈。这世上从来就没有百分之百称心如意的人生，黑暗与困顿，才是生活的真相。面对命运的曲折跌宕，与其消沉绝望，不如坦然接受。当你能够独自面对所有的严寒，你的心才能在饕风虐雪的击打之下变得更加顽强。没有过不去的火焰山，不管多大的风不可能一直刮下去，不管多猛的雨也有停止的那一刻。就像眼下这天寒地冻、滴水成冰的严冬，几个月以后不也就到了百花齐放的春天了吗？

我还想告诉他，人生不过是一场体验的游戏。人生如逆旅，我亦是行人。看着他疲惫的样子，我竟一个字也没有说出口，说什么都显得苍白。

## 来　顺

车厢里安静了下来，有的看手机，有的闭目养神，老人似乎毫无倦意，身子向前倾，笑微微地和我交流："你是干啥工作的？"

"我是教师。"

"哈哈，和我猜的一样。"

"老人家您今年高寿？"

"我79岁。"

"哦，比我母亲小一岁。"

"你母亲身体还好吗？"

"也不行，支气管炎，冬天到了，老是咳嗽。"

"那都是些小毛病，你是哪一年出生的？"我如实相告。

"那你母亲结婚早。我当过兵的，24岁才结婚，孩子要得也晚，我们老二比你小三岁。"难怪老人的气质不一般，听到我夸他，他挺了挺腰杆，腼腆地笑笑："我在医院住院，换班的医生说我不像病人，有的人一有病，头耷拉着，没有精神。"边说边学着把头缩了缩。

"我这几十年一直保持着挺胸、收腹的。"我为他点了个大大的赞，他露出了整齐的牙齿："也没啥，习惯了。"

"你到过白水吗？"

"白水？没有，安康有个白河县。"

"渭南的白水。"

"我是在白水出生的。抗日战争爆发，山西沦陷，日本人看中了山西的煤矿。父母逃难到白水的一个农民家，那家有一个娃叫高福，比我大10岁。前几年我和老伴去了一趟白水，房子还是那样，用现在的标准来看，条件太差了，但当年我们家四个孩子，他们家四个孩子都生活在那个小院里。"说起往事，老人两眼放光，滔滔不绝，似乎回到了青春年少，"那年，我们去探访我出生的地方，村子里人很少。看见有个老人在地里干活，我问'你认识高福吗？'那人抬起头来，眯起眼睛，瞅了瞅了我，'高福，不认识，你找他干什么？'我在他的眉目里看到了似曾相识的影子，'我是来顺呀，我就在高福他家里出生的，几十年过去了，我和老伴来看看。'老人突然把锄头一扔，三步并作两步，紧紧握着我的手，'你是来顺呀！我以为这辈子都见不上你了。'"老人沉浸在重逢的喜悦里。

"一大家人呀，老一辈就剩下我和高福，高福今年应该89岁了，不知道还健在吧？我们是四年前到的白水……"像是给我倾诉，又像是喃喃自语。

高福、来顺，多么好听的名字！寓意多么吉祥，但是在那样的世道，不是照样四处流亡、命运多舛吗？国泰才能民安啊！

十几站的路是那样的短暂，短暂得连一个故事还没听完整；十几站的路又是那样漫长，漫长地跨越了老人近八十载的风雨人生，从抗日战争到建国初期到新时代。在西安北站我与他们父子俩握手道别，各自又将奔赴属于自己的旅途，此去山高路远，望能坦然面对，"回首向来萧瑟处，归去，也无风雨也无晴。"我在心里默默祝福老人家，像他的名字一样，未来一切都顺遂，来的都顺意，身体健康，安享晚年！

转身的那一刻，我潸然泪下。

（写于2023年12月19日西安至汉中的高铁上）

四、光阴里的深情馈赠

# 我与书的故事

　　那是发生在我上初中一年级的暑期中的一件事，距今已经有40多年了，但我脑海里时常会浮现出那天的情景。这件事像一个无形的向导，引领着改变着我一生的人生走向。

　　具体是哪一天我已经记不清楚了，只知道那是个天气晴朗的日子，上午八九点钟，城里堂姐带着两个同学到乡下看望奶奶。那时的堂姐正在上高中，高挑的身段，穿着一件碎花白色连衣裙，脚上穿着一双粉色凉皮鞋，两条高高扎起的麻花辫，在白皙修长的脖子两侧，随着她轻盈的步履有节奏地跳跃，感觉她走过的风都有香味。在她们午休的时候，我看到了放在奶奶柜子上的一本书。厚厚的，书名叫《第二次握手》，作者张扬，看到第一章，我就被丁洁琼高雅、优雅的气质，深深吸引住了，我突然有一种想把这本书看完的冲动，我瞬间作了一个决定，带着书一口气跑到我上的铁佛中学。铁佛中学离我家，也就是五分钟的路程，它在一个高梁上，当我气喘吁吁来到铁佛中学的房后，坐在一块石头上，迫不及待地拿出书，如饥似渴地读了起来。我为丁洁琼与苏冠兰的再次相遇而高兴，为他们波折凄美的爱情故事而难过。时光在我翻动书页的手指间轻轻滑动，蚂蚁在我腿上捣乱，知了在树上拼命地嘶叫，正午的太阳像火球一样炙烤着大地，所有这些都与我没有关系，我走进了书中描绘的世界里。

知道堂姐们下午要走，但书还看了不到一半，我恨不得一目十行，但又想细细地品读，不愿错过每一个深情的细节。眨眼间太阳已经慢慢偏西，想着她们快要回城了，我多么渴望时间能够停下来，让我把书看完呀！或者她们忘记了自己带了书。合上书，我不得已回到家里。果然堂姐她们要走了，到处找书，我万般不舍地把书交给她们，目送着她们渐渐远去的身影，心里默默念叨：不知道啥时候才能与这本书"第二次握手"。

我生长的那个年代，物质匮乏，缺衣少食，除了每学期学校发的课本外，根本没有机会接触到其他书籍。我读的《第二次握手》，是我有生以来第一次读课外书。有了那次的阅读体验，文学似乎给我打开了一扇窗户，让我拥有了看世界的独特眼光。我常常会为旭日东升激情澎湃，为残阳夕照伤感落寞，为满天繁星浮想联翩，会为一朵花的盛开而激动万分，为大雁南飞而怆然泪下。也许那次的阅读经历给我埋下了文学的种子。

多年前，我理想的工作就是在图书馆上班，边工作边看书，现在想来也许就是那次没有看完的《第二次握手》的饥饿效应。我不是贪婪的人，但我一看到书就挪不开脚步，忍不住要把它拥有。

我与书的缘分在流年里持续发酵。

20世纪90年代初期，我读书主要是以"窃读"为主。每天下午我会从东门桥的书店开始，看报刊杂志，看小说、杂文，只可惜有的书是用塑料薄膜封起来的。每当老板问"你要买哪一本书"，我知道那是店家在下逐客令。我又到下一个书店，如果店里人多，老板生意兴隆，我就可以多看一会儿书。一个晚上，两个多小时，从东门桥到北街口。一连几年，年年、月月、日日我都这样乐此不疲流连于书店，在书的世界里，我的灵魂得以滋养，我的视野得以拓宽，我的境界得以提升。

多年的阅读积累，让我有了写作的冲动。无论在汉中师范学校上学，还是工作后，我一直在写。20世纪90年汉中电视台征集《我与电视的故事》文稿，我写的《电视给我家带来的快乐》一文，获得一等奖，并参加了颁奖大会。从那以后，我更加喜欢写作，甚至达到不"吐"不快的地步。最近集结的散文集《光阴里的故事》，54篇，十万余字，只是我近年来写作的一小部分。

读书育己，写书育世。当年的一个偶然机缘，让我和书和文学结缘，这份缘会随着时光的流逝越来越深。

光阴里的故事

# 咱们的"中国年"
## ——畅所欲言话"年味儿"

吃过了腊八饭,腌制的腊肉颜色已渐渐变红,新装的香肠已风干,红豆腐已装坛,醪糟已出窝。年货在一次次的采买中不断地丰富起来,一个崭新的"年"正昂首阔步向我们走来。

有人说"现在的年味儿淡了"。年味儿真的淡了吗?怎样的"年味儿"才够浓?带着这个问题,我开展了一个畅所欲言话"年味儿"的接龙活动。参与活动的省外朋友有新疆、湖南、甘肃、江苏的,省内朋友有榆林、渭南的,还有市县区内的朋友;从年龄上来看,有八十多岁的耄耋老人,有血气方刚的中青年人,还有天真活泼的小学生;从职业职务上来看,有教师,有学生,有作家,有公务员,有阅读推广人,有资深媒体人,有军嫂,有个体老板,有中小学校校长,有幼儿园园长,有离休老干部……不到一天时间共收集200多条近5000字的征稿。在归纳整理这些尘封在每个人心底最美好的文字时,我被深深地感动了:有的让人潸然泪下,有的让人拍案叫绝,有的让人浮想联翩。

有的写过年的习俗,如:

年味儿是灶神前的供品——猪头上搭着的白色镂空花的水油

帘子。

年味儿是对天地神有敬畏之心，不能乱说话，不能打坏碗、盘子、电壶等物品。

年味儿是正月初一天不亮第一个从井里跳回的银水。

年味儿是贴门神、挂春联、请先人、祭神仙。

年味儿是北方窗户上一张张灵动的窗花，门上一对对精美的年画。

年味儿就是大年初一早上放鞭炮、穿新衣、戴新帽。给长辈磕头、拜新年、收祝福、收红包。

有的写童年里过年的场面：

年味儿就是妈妈卤了一锅热气腾腾的肉肉、骨头，孩子们站在锅台边，边吃边笑，嘴角流油。

年味儿是孩子坐在爸爸的肩上看社火、赏灯、看彩船、看舞龙……

年味儿是陪母亲一起去看望年迈的外公，手提的卤味冒出浓郁的香味，还有那依稀飘着的雪花……

年味儿是磨道里蒙着眼睛的牛一圈一圈地转动，是碾盘上雪白雪白的元宵面兴奋地扑上人面挂上眉梢。

年味儿是小朋友在一起划甘蔗、滚铁环、扔豆包、砸毛蛋、打杆儿、踢沙包、跳房子、打垒球……

年味儿是小时候的荡秋千、学骑车、天刚亮就到各家院坝去捡鞭炮。

年味儿是拿着猪毛、猪骨头换叮叮糖。

有的是抒发家国情怀：

年味是边防哨所的坚守，是雪地巡逻查铺的脚印，是爸妈等待孩儿信鸽的期盼,是军嫂祝福兵哥哥平安的心迹。

年味儿是跑了好几里地给亲人打的一个长途电话,发的一个祝福电报。

年味儿是今年上海各火车站预计发送旅客955万人次。

有的是对亲人的思念:

年味是围炉夜话时穿上了外婆亲手裁剪,一针一线缝制的斜襟盘扣花棉袄,暖身更暖心。

一段话就是一个故事。刘辉主任给我发了这样一段深情的往事:

外婆20年前为她缝的衣服,手艺真的是绝了,至今她穿着还很合身。那时候她在农村,工作条件差,每到冬天就感冒难受,外婆说棉花暖和,就踮着小脚跑了好几趟街选了面料。外婆说红色的衬人,她皮肤白穿上好看,用了家里收得最好的新棉花给她做的,这么多年了她每次穿上就特别温暖,仿佛回到了小时候,外婆的音容笑貌永远留在她心里。

年味儿是一家人的团聚,是满满的回忆,是对逝去的亲人无法言表的怀念。

年味儿是远在异乡的儿女给父母的一封家书。

有的文艺抒情:

年味儿是一首歌,是一个人,是一种滋味,是一桌可亲的欢声笑语。

年味儿是品茶、静坐、轻叹,忆往昔、话珍惜;年味是你在我心里,我在你心里。

年味儿是妈妈守坐在家门口,看小桥流水那边的人归否?

年味儿是一幅幅飘着墨香的中国红,是一串串凝结华夏儿女传统的中国结,是一声声陕北高原安塞腰鼓闪展腾跃的喧闹,是一阵阵陇原大地太平鼓卷地而来的震撼。

有的简约直白:

年味儿是家里每个房间都是人。

年味儿是年三十晚上爸爸跟他大舅哥小酌几杯,话不多,一切都在酒中。

有的是美食的大回放:

年味儿是奶奶做了一缸黄酒,拔开塞子,浓香的稠液汩汩流出的那一刻。

年味儿是奶奶做的醪糟元宵、爷爷做的浆水菜包子。

年味儿是油炸红薯丸子的酥与甜。

年味儿是年夜饭里不可或缺的腊肉炒米豆腐。

年味儿是陕北孩子砸冰块泡豆腐,是带冰碴的黄米馍,更是软溜溜的红枣年糕。

年味儿是阿大端上桌热腾腾香气扑鼻的手抓,是阿娘捧在手上形色各异飘香四溢的花果,是河湟女儿从远处飘来动听的花儿,是称斤冰糖看望尕妹的脚步声。

……

一幅幅画面,一桩桩过往,一道道美食穿越时空慢慢地呈现在我们面前,发酵着,发酵着……年味儿似乎在人们的嘴里淡了,但年味儿在人们的心中更浓了。日迈月征,朝暮轮转,新年的曙光尽在不远处,到那时烟花满城,辞去旧年身影,满载诚挚的祈愿:一路繁花相伴,星河滚烫!新年好!

(写于壬寅年腊月二十一)

# 附：畅所欲言话"年味儿"

1. 年味儿是灶神前的供品——猪头上搭着的白色镂空花的水油帘子。
2. 年味儿是对天地神有敬畏之心，不能乱说话，不能打坏碗、盘子、电壶等物品。
3. 年味儿是一家人齐动手，里里外外地除尘扫舍。
4. 年味儿是爬高上梯换洗窗帘，贴窗花。
5. 年味儿是在断断续续的鞭炮声里扫舍；在欢乐的气氛中吃庖汤。
6. 年味儿是赶集，置办年货，一切的盼望都在集市上一一满足，只等除夕之夜的团团圆圆。
7. 年味儿是请门神、挂灯笼、贴春联、请先人、祭神仙。
8. 年味儿就是大年三十晚上洗脸、洗脚，脚洗得越干净，往后的路越平坦，每天都有美味佳肴，运气好。
9. 年味儿是年三十做夜，是守着电视机瞌睡流了依然沉浸在欢歌笑语中，等到新年钟声的响起。
10. 年味儿就是除夕晚上洗好脚，只等硬菜摆上桌，一饱口福。

11.年味儿是一家人围坐在电视机前看春晚、吃饺子、嗑瓜子,话一年的别情,算一年的收获,许来年的愿景。

12.年味儿是除夕夜里、正月初一凌晨的鞭炮,是正月初五的送穷,是正月十五的送先人。

13.年味儿是正月初一天不亮第一个从井里跳回的银水。

14.年味儿是穿上妈妈缝制的新衣服,穿上妈妈纳的千层底新鞋,是妈妈们手艺的大比拼。

15.年味儿是正月初一不扫地、不扔垃圾、不能哭、不能吵、整天都要笑哈哈,见面就要说:过年得好!对方说:年在你们这里!

16.年味儿是祭祖,是对先人的思念以及做人做事要有感恩之心。

17.年味儿是大年初一给爷爷奶奶敬上的一碗元宵和捂在手里的五毛钱压岁钱。

18.年味儿是一家人从四面八方回到家里的年夜饭。

19.年味儿就是大年初一早上放鞭炮、穿新衣、戴新帽。给长辈磕头、拜新年、收祝福、收红包。

20.年味儿就是晚辈们给爷爷奶奶发红包、送吉祥、送祝福。

21.年味儿就是嫁出去的姑娘和新女婿一起回娘家拜新年,收长辈的祝福、收吉祥、收红包。

22.年味儿是彩船,是社火,是舞狮,是舞龙,是非物质文化的一种传承。

23.年味儿是千家万户热气腾腾,充满欢声笑语的美好生活。亲人团聚,一起贴春联,包饺子,品美食,看春晚,放鞭炮,穿新衣……幸福溢于言表。

24. 年味儿是小时候的荡秋千、学骑车、天刚亮就到各家院坝去捡鞭炮。

25. 年味儿是大年三十全村人排队砸年糕飘出的香甜与笑声。

26. 年味儿是堆雪人，打雪仗，提着冰凌流着鼻涕满村子跑。

27. 年味儿是小朋友在一起画甘蔗吃"豁皮"、滚铁环、扔豆包、砸毛蛋、打杆儿、踢沙包、跳房子、打垒球……

28. 年味儿是儿时邻居家杀年猪的吱吱声，提着猪水灵到处串，比谁的水灵大。

29. 年味儿是拿着猪毛、猪骨头换来的或多或少的叮叮糖。

30. 年味儿是村头高高的秋千，和荡年秋千的喝彩。

31. 年味儿是与小伙伴一大早逐家捡鞭炮，然后用锤敲响。

32. 年味儿是用面捏成的生肖馍馍。

33. 年味儿是穿上新衣服，跟着大人走亲戚，目标是挣点"压岁钱"。

34. 年味儿是磨道里蒙着眼睛的牛，一圈一圈地转动，是碾盘上雪白雪白的元宵面兴奋地扑上人面挂上眉梢。

35. 年味儿是稻草里包裹的一串串豆豉，是屋檐下挂着的一块块腊肉。

36. 年味儿是母亲做的甜软的元宵里的分钱，是鼓鼓的包子皮不能有丝毫破损的执念。

37. 年味儿是奶奶做了一大缸黄酒，拔开塞子，浓香的稠液汩汩流出的那一刻。

38. 年味儿是卤肉锅里的雾气蒸腾，是锅中央似趵突泉喷涌，激情四射的咕嘟声。

39. 年味儿是年夜饭里不可或缺的腊肉炒米豆腐。

40. 年味儿是过了腊八的村口大碾盘，家家户户排队碾元宵面面的热闹，和吃上第一口元宵的甜蜜！

41. 年味儿是陪母亲一起去看望年迈的外公，手提的卤味冒出浓郁的香味，还有那依稀飘着的雪花……

42. 年味儿是油炸红薯丸子的酥与甜。

43. 年味儿是奶奶做的醪糟元宵、爷爷做的浆水菜包子。

44. 年味儿就是妈妈卤了一锅热气腾腾的肉肉、骨头，孩子们站在锅台边，边吃边笑，嘴角流油。

45. 年味儿是排排坐吃果果：吃着妈妈炸制的酥肉、糍粑和各种面果。

46. 年味儿是爷爷吃完一大碗饺子，端起第二碗时说：这碗才开始品味道呀！

47. 年味儿是妈妈低头弯腰的姿势，炒好的核桃花生在她手中发出"咔嚓咔嚓"的碎响，整个厨房散发出沁人心脾的香味。

48. 年味儿是家人围坐在一起和面、揉剂子、擀皮、包饺子。

49. 年味儿是爸爸抽着香烟在火炉边慢慢翻炒的油茶。

50. 年味儿是杀猪吃庖汤宴，帮忙的亲戚朋友欢聚一堂，满园都是笑声、划拳声。

51. 年味儿是吃饺子，饺子越吃越有，日子越过越红火。

52. 年味儿是从醪糟坛子舀一勺甘醇的米酒，甜爽到心田。

53. 年味儿是陕北孩子砸冰块泡豆腐，是带冰碴的黄米馍，更是软溜溜的红枣年糕。

54. 年味儿是阿大端上桌热腾腾香气扑鼻的手抓，是阿娘捧在手上形色各异飘香四溢的花果，是河湟女儿从远处飘来动听的花儿，是称斤冰糖看望尕妹的脚步声。

55. 年味儿是除夕夜灶膛里噼噼啪啪的柴火肆意地跳动,是大铁锅里咕噜咕噜的馋涎卤香。

56. 年味儿是妈妈将雪白的元宵倒进锅里的慢慢等待,是那软糯醪糟溢出的馨香。

57. 年味儿是大年三十晚上的火锅,正月初一的首场电影。

58. 年味儿是男朋友送的香水、包包。

59. 年味儿是游子的一张回家的车票。

60. 年味儿是终于可以不用写寒假作业啦。

61. 年味儿是年三十晚上爸爸跟他大舅哥小酌几杯,话不多,一切都在酒中。

62. 年味儿是单位的"书法家"开始为同事免费写春联了。

63. 年味儿是有种年味叫小时候……

64. 年味儿是妈妈守坐在家门口,看小桥流水那边的人归否。

65. 年味儿是最好的人都在身边。

66. 年味儿是开开心心的欢聚一堂。

67. 年味儿是孩子手中那一串串噼里啪啦的烟花。

68. 年味儿是火塘里红红火火跳动的火苗。

69. 年味儿是全家人坐在电视机前跟着主持人一起倒数新年到来。

70. 年味儿是北方窗户上一张张灵动的窗花,门上一对对精美的年画。

71. 年味儿是踏遍千山万水也要回家过年。

72. 年味儿是家里每个房间都是人。

73. 年味儿是家里的餐桌坐不下,只好有的坐着吃,有的站着吃。

74. 年味儿是热腾腾的团圆饭，年在每个人翘首期盼中，年是彷徨的心的归处，年有多丰富，里面就有各色的生活。

75. 年味儿是瑟瑟寒冬里的一股暖流。

76. 年味儿是亲朋好友久别的一次相聚。

77. 年味儿是老爹老娘的一声呼唤。

78. 年味儿是大年三十的一桌好菜。

79. 年味儿是陪伴孩子的点滴快乐。

80. 年味儿是我们心中的丝丝回忆。

81. 年味儿是记忆，是想念，是享受，是传承。

82. 年味儿是和邻居的孩子们相互交换着妈妈们做的美食，哈哈笑。

83. 年味儿是孩子坐在爸爸的肩上看社火、赏灯、看彩船、看舞龙……

84. 年味儿是你在我心里，我在你心里。

85. 年味儿是每一个新年都有一份独特的美好记忆。

86. 年味儿是一首歌，是一个人，是一种滋味，是一桌可亲的欢声笑语。

87. 年味儿是品茶、静坐、轻叹，忆往昔，话珍惜。

88. 年味儿是大年初一登高望远。

89. 年味儿是一家人齐齐整整照一张全家福。

90. 年味儿是雪晴的正午看父亲挥毫给乡亲们书写红红的春联。

91. 年味儿是在跨年的那一刻，儿子拿着竹棍，妻子捂着耳朵，我拿火柴点燃，一家人在院子当中放一挂三百响的长鞭炮。

92. 年味儿是一丝牵挂，一缕乡愁，一抹中国红，一台春节晚会。

93. 年味儿是儿时全村男女老少排队荡秋千的欢笑。

94. 年味儿是大年三十的相聚，是厨房中飘出的诱人的菜香，是累并快乐着的忙碌身影。

95. 年味儿是小时候的一种期盼，长大后的一种回忆。

96. 年味儿是十几家好朋友过家家，吃转转席。

97. 年味儿是看大戏，乡村的戏楼正演绎着经典剧目，《人间正道》《花好月圆》都在喜气洋洋里惟妙惟肖。

98. 年味儿是围炉夜话时穿上了外婆亲手裁剪，一针一线缝制的斜襟盘扣花棉袄，暖身更暖心。

99. 年味儿是日历上一页页变化的数字，是小女儿掰着指头总也算不清楚的倒计时，是妈妈忙里忙外准备的各种吃食，是爸爸在电话里问了又问的归期。

100. 年味儿是车站欢喜的等待，是倒数新年的钟声。

101. 年味儿是伴随新年钟声的信息祝福。

102. 年味儿是村井上从早到晚的洗衣服、洗菜、聊天的欢声笑语。

103. 年味儿是除夕夜划破夜空的鞭炮礼花，是孩子们不知疲倦地满村撒欢疯跑。

104. 年味儿是小时候穿上父母给买的新衣服到处去显摆时的自豪与喜悦，是长大后看着父母穿上我给他们买的新衣服时的满足与幸福。

105. 年味儿是一个个红包。小时候希望自己收到的红包最多最大，长大后希望自己发出去的红包最多最大。

106. 年味儿是一声声唠叨，爸爸妈妈的爱就藏在一声声唠叨里；年味是一声声叮嘱，子女对父母的爱就藏在一声声叮嘱里。

四、光阴里的深情馈赠

107. 年味儿是声声爆竹、满天烟花辞旧迎新的美好祝愿。

108. 年味儿是孩子们童年记忆中最灿烂的笑。

109. 年味儿是妈妈的碎碎念：腊月二十三灶爷上天，腊月二十四大扫除、腊月二十五……

110. 年味儿是一家人的团聚，是满满的回忆，是对逝去的亲人无法言表的怀念。

111. 年味儿是天南地北的亲人相聚走动中浓郁的亲情！

112. 年味儿是孩童嬉笑，鞭炮齐鸣。

113. 年味儿是佳肴飘香，烟火可亲。

114. 年味儿是家人围坐，漫谈温情；年味是人间烂漫，海晏河清。

115. 年味儿是除夕煮浆糊贴对子、挂灯笼。

116. 年味儿是我红耳环、红毛衣、红格子裙，红口红里铺张的红。

117. 年味儿是爸爸妈妈带着我们，我们带着各自的孩子，去山脚下河边踩过的一队身影。

118. 年味儿是街巷里熙熙攘攘的人群以及上空密织的叽叽喳喳嘈杂声。

119. 年味儿就是儿时记忆，年味儿就是家乡的味道。

120. 年味儿是女孩子的新衣服，是男孩子的红鞭炮。

121. 年味是妈妈油灯前飞针走线的温馨，是爸爸挑担赶集满载而归的笑脸，是孩童们凌晨辗转的欢笑。

122. 年味儿是一幅幅飘着墨香的中国红，是一串串凝结华夏儿女传统的中国结，是一声声陕北高原安塞腰鼓闪展腾跃的喧闹，是一阵阵陇原大地太平鼓卷地而来的震撼。

123. 年味是边防哨所的坚守,是雪地巡逻的脚印,是爸妈等待孩儿信鸽的期盼,是军嫂祝福兵哥哥平安的心迹。

124. 年味儿是游子的回归,是鞭炮,是年夜饭,是祭奠祖先,是走亲戚,是看朋友,是一年来情感的聚集、交流和释放。

125. 年味儿是小孩子的期盼,是传统美食的碰撞,是千家万户每个人内心的那一份牵挂。

126. 年味儿是远在异乡的儿女给父母的一封家书。

127. 年味儿是一对恋人的鸿雁传情。

128. 年味儿是跑了好几里地给亲人打的一个长途电话,发的一个祝福电报。

129. 年味儿就是陪伴,年味儿就是挂念。

130. 年味儿是今年上海各火车站预计发送旅客955万人次。

(写于壬寅年腊月十六)

# 后记　感恩生活的馈赠

一直以来，我固执地以为文学于自己是很私密的一方净土：它像个神秘花园，长在心田里，我可以修篱种菊，可以扮演生、旦、净、末、丑，可以品尝酸、甜、苦、辣、咸。

我是一个善感的人。常会为日落而泪流满面。曾两次到甘南九曲黄河第一弯去看日落。刚才还是柔和、鲜艳的大火球，灿烂的晚霞在天边燃烧着，蹦跳着，移动着，转眼就不见了太阳，云霞也了无踪影，天空一片昏暗，它坠落得是那样决绝，似乎它从不曾来过。我想到了老家那个有李子树、栀子花树、柿子树、桑葚树的老院子。老屋里有我挚爱的爷爷、奶奶、大爸、父亲、小姑……他们在这个院子里出出进进，热气腾腾地生活着。几十年，转眼之间而已，这些亲人都只能在梦里相见，而且是模模糊糊、飘忽不定的。我站在黄河边，看着从天上来的黄河之水，静静地昼夜不停地义无反顾地流向远方，哪怕未来是山高路远，泥沙俱下，依旧一路猛进。

于是我拿起了笔，把每一个不曾起舞的平凡日子里的平凡的人和事，记录下来。那些萦绕在脑海里、压在心里，总也挥不去的过往，从我的心里源源不断地流到笔尖，轻轻地挪移在洁白的纸上，我庆幸给它们找到了美丽的家园，我拥挤的、杂乱的、荒凉的心田似乎敞亮了许多。当然这个过程是很痛苦的，要把它们从我的躯体里生生剥离出来，有时会鲜血淋漓，不敢直视。我常常会边写边流泪，甚至会泣不成声，不能自已。好在梳理、宣泄之后，轻松了许多，我喜欢这种倾诉的方式，这也许就是文学的治愈功能吧。

我把这种遵从内心声音、我写我心的习惯坚持了下来，一半源于我对文学的酷爱。上初中时吴秀林老师爱读书，深厚的文学素养，给我种下了文学的种子，我的梦想是当一名作家或者记者。岁月匆匆流逝，那个梦想却一直都在。另一半源于我的家人和朋友的鼓励、支持。我的每一篇小文，先生和女儿都是第一读者。先生是初中语文老师，每每读完我写的文章，他总会像给学生的作文写评语那样，从内容到表达，从结构到立意，一丝不苟，严谨客观。女儿文学功底不错，三言两语，让我茅塞顿开，柳暗花明。他们承包了大多家务活，给我的写作腾出了时间。

这些年来，我的文章在报纸杂志、网络上陆续发表，朋友们给予了极大的关注和鼓励，是他们推着我一步一步地往前走，是他们给了我前行的力量。著名作家安武林先生、曹文芳女士、贾连友先生，汉中著名文学评论家万敏杰先生在百忙之中给我的书写序，荣幸之至，兴汉龙书院周定红先生、马昭先生、张辉女士、窦娇娟女士等给我的书策划、校对……不胜感激！

感恩生活的馈赠，让我有独一无二的体验和感悟，感恩文学的滋养，让我有看山还是山的眼光和境界。

图书在版编目（CIP）数据

光阴里的故事 / 殷琦著. -- 北京：旅游教育出版社, 2024.5
ISBN 978-7-5637-4719-1

Ⅰ. ①光… Ⅱ. ①殷… Ⅲ. ①散文集－中国－当代 Ⅳ. ①I267

中国国家版本馆CIP数据核字(2024)第100807号

## 光阴里的故事
### 殷 琦 著

| | |
|---|---|
| 责任编辑 | 陈凤玲 |
| 出版单位 | 旅游教育出版社 |
| 地　　址 | 北京市朝阳区定福庄南里1号 |
| 邮　　编 | 100024 |
| 发行电话 | （010）65778403　65728372　65767462（传真） |
| 本社网址 | www.tepcb.com |
| E - mail | tepfx@163.com |
| 排版单位 | 北京旅教文化传播有限公司 |
| 印刷单位 | 天津雅泽印刷有限公司 |
| 经销单位 | 新华书店 |
| 开　　本 | 880毫米×1230毫米　1/32 |
| 印　　张 | 7.25 |
| 字　　数 | 141千字 |
| 版　　次 | 2024年5月第1版 |
| 印　　次 | 2024年5月第1次印刷 |
| 定　　价 | 46.80元 |

（图书如有装订差错请与发行部联系）